藥罐子

◉李欣倫／著

聯合文叢 258

目次

【推薦序】

海豚為什麼要向陸地敘說？

許悔之

好幾年前的事了：不敢言為序——曾經為作家張惠菁的第一本書寫過一篇文章，為一位比我更年輕的作家所呈現的書寫光澤以及無限的可能而期待，而讚嘆。那樣的書寫裡有其歷史承繼，但更多的是：探索的好奇和勇氣。如此的氣壯理直，在遼闊的世界煉自己的丹藥、繪自己辨識的輿圖；像在無限的星空中發現新星，在自然中發現新的物種；作家無論如何都是命名者，從自己的情感與觀察出發，提供指涉和象徵，為無以名之的感性與理性，一一命了名。有了隸屬、標明特殊，這個世界才顯其豐饒——作家使我們因指而見月，甚或是有情地看月的陰晴圓缺。

初讀到李欣倫的散文，乃因擔任一次文學獎的評審。名為〈城〉的一篇文章，樸實堅穩的情感、完備的敘述技巧，曾使我揣想那是一位擁有「老靈魂」的人——老的靈魂總是一直回首過往，而追念之。那篇名為〈城〉的文篇深深地打動了我，身為一位讀者而被誠懇地溝通與感動，確是幸福。後來知道〈城〉的作者是一位如此年輕的新人，就不免詫異了，因為文章中的精神素樸，讓我聯想到農業時代的餘緒：一位出身鄉間的中年人或者前中年期的人，敏感、害羞、善良而不喧鬧。〈城〉的作者應該是這樣的出身，而不可能是一位二十初度的年輕人：李欣倫。

之後，和李欣倫在不同場合有了數次的緣會，聰穎甜美而如白馬般年紀的她，話語總是很少，禮貌和微笑中帶著靦腆。靦腆必然是善良的標識——那是我確信不移的偏見，我也稍稍為當初誤判作者年紀而釋懷：畢竟李欣倫的人與文散發了一種老靈魂的光澤。

一位這樣的新新人類，應該是更跳躍、更活潑、不靦腆的——當然這又可能是我的偏見。作為一位中醫師、中藥店主的女兒，李欣倫一系列以「中藥」為核心經驗的散文，確實也清新無畏地表達了屬於她的世代的感覺紀元，但我最被她文章所打動的，是她感性經驗上本能的「返祖」，讓我想起從陸地演化到海洋的鯨與海豚，一有急難總是會往陸地的方向而行，這是鯨與海豚的返祖。李欣倫書寫著童時到青春，那些艱難、那些對每一個人來說都可能有之的情感經驗，像海潮湧向岸邊，如海豚向陸地敘說：雖然擁有了整座海洋的遼闊，但那不全然足夠。海豚先祖的陸地經驗是基因的銘刻，人類正是活在情感的基因庫之中。文學召喚了「似曾相識」，我們才有和別人溝通而覺察的可能。

夜深尚早，讀李欣倫即將出版的第一本散文《藥罐子》，讓我想起早已卓然特出的張惠菁，而感覺到淡遠的、身為一位編輯的幸福，而知曉了，海豚為什麼要向陸地敘說，而環岸遠游。

【序】

嗑漢藥／文字之必要

——藥罐&草本精靈對談實錄

總有一個時候，也許百無聊賴，也許重度自戀，在嗑食文字影像後，你彷彿著魔般，緣溪行，忘路之遠近，恍惚闖入一處熟悉且陌生之境，對著靈魂長徑底的另一住戶叩門。聲音融蝕於大霧，門扉深掩依舊。等待時間總是漫長，即使芳草鮮美，落英繽紛。如果你願意，不如讓我悄悄告訴你，個人的小小歷險。在極度清醒與昏頹邊界，我也曾，毫無防備地，陷溺於藥癮發作的幻覺，然後，發覺它的存在，傾吐內心隱疾。

作為一個盡責的藥罐，近年來，我過著打卡般的規律生活，按時清空體內，讓肢解的草木蟲獸進駐，記錄著流動身影。總以為此生如是，然而某日，當我閱讀《本草綱目》時，字間行距，忽幻為桃花林，夾岸數百步，中無雜樹。之後，正如你預料的，我也敲了那扇門。良久，門扉「咿呀——」旋開，摒住呼吸，你猜，我看見什麼？

一株枝葉透明的，草本精靈吧！

精靈見我，乃大驚，問所從來。
繼之以早春的對話。

酗童話中毒末期

草本：從何時起，你決心做個愛說故事的藥罐？

藥罐：我從小著迷於文字圖畫，喜歡闖入一座圖文森林，但並非所謂的中國經典或世界名著，而是小紅帽灰姑娘快樂王子白雪公主之類的童話。現在看來，兒童版的童話故事，文字稍嫌粗糙，繪圖不盡精美，但那時卻如酒精中毒般，日夜以「酗童話」為樂。我爹，藥舖的掌門人，白日於漢藥林穿梭，臨睡前，則用那雙浸漬藥香的手，翻開故事書，柔聲敘述。偶爾，他擅自更改結局，於是，我對《神鵰俠侶》、《亞森羅蘋》、《小婦人》、《愛麗絲夢遊仙境》的記憶，和正版故事略有出入。處於故事慾充血的年紀，我遺傳爹的顛覆性格，喜歡更改故事結局，於是，《紅樓夢》裡的寶黛雙玉，同樣有權過著幸福快樂的日子，人魚公主不僅沒化成泡沫，而是和心愛的人在城堡頂吹泡泡。我愛編織幻想，每逢「說話課」，必定來段文本的變形，從台下數十雙迷醉的瞳孔底，尋找快樂。

成為藥罐，不是決定的問題，而是宿命。你無法改變上一輩的身分與職業，自你出生，牛頓已證明地心引力，愛因斯坦的相對論亦無可違逆，而我的爹娘，早已是與藥罐為伍的老實人家。當我決定今後數十年將與文字廝混後，曾因爹娘的職業懊惱一陣。誰說，那些以說故事為業的人，多少皆以生命歷程為創作藍本，而我，身為一個人人聞之色變的藥罐，所陳述的身世，定是苦的，你想，誰願意聽苦絲絲的故事？

我從小吃漢藥長大，對草藥亦略有些簡單認知。然而，仔細回想，曾在味蕾上跳躍的粉末藥湯，不盡然是純粹的苦，有時，我甚至貪戀苦味撤軍後的回甘。部分草藥具有甘甜質地，但長期被「污名化」的結果，造成人人避而談藥，尤其以漢藥為最。唸國中時，曾想杜撰一座草藥城池，偽造甜蜜歷史，成為面對聯考戰事的防空洞。幾年前開始嘗試創作，題材並無涉及草藥，但仍不忘叛逆期的自我承諾。認真搜索、閱讀中藥相關文獻，並轉化為文，則是去年的事。過去的個人札記，宛若草藥及記憶繫年，從中，我驚覺許多美麗的記憶，竟多以草藥連結，遂開啟我的漢藥版圖想像，寫下第一篇與中藥相關的散文〈藥罐子〉。

文字迷失強迫症

草本：說故事如此重要嗎？如果沒有聽眾，你仍會繼續繼續說下去，永誌不渝，直到地老天荒，海枯石爛？

藥罐：對我而言，說／書寫故事，是唯一可與剛出爐的全麥土司相匹敵之物事。然而，為說故事而說故事，確實比上吐下瀉還痛苦，就像當年聯考命題作文的虐待，明明是戀物拜金主義的擁護者，卻硬逼他陳述「節儉與救國」之類邏輯錯亂、上下文脈絡斷裂的文章。

在某層次上，說／寫故事，或可視為精神分裂之擬態。當下的我面對電腦螢幕，與文字周旋，但意識同時又跳接至數個時空，接駁回憶與想像。說故事前，我對情節、內容仍混沌未明，它通常僅是一組聲響、一縷氣味、一閃畫面甚至簡單詞彙，諸件事物尚未構成順序，但你如此執迷，相信什麼已經受孕，然後，嘗試組構點點光影與溫度。起初，它並無具有完足臟器，而是一張虛實線交錯的地圖，我邊走邊探，嘗試以文字留跡。故事的魅力正在於此。有時，你踏入一個未曾預想之境，充盈或蒼涼，文明或蠻荒；而更多時候，你迷失方向，卻甘願墜入脫軌的甜蜜混亂，徘徊復徘徊。

我喜歡躲在城市一角，放意識吃草，任回憶、想像將我吞沒。我常犯選擇性的健忘毛病，前天閱讀的內容忘了大半，卻始終記得十歲那年「冰淇淋糖」的滋味。說／寫故事無法增強記憶，反而患了迷失強迫症，與文字獨處，我擁有雙份甚至多重記憶，它們真假難辨，時時修正、竄改成長路徑。柳美里認為，隨著寫作，自己的影子便愈稀薄，我卻有逐步「發胖」的憂慮，因為在創作過程中，我發現自己的影像繁複得嚇人，遠超過我以為的標準重量。過重或許是不健康的，但那種大啖文字的感覺，確實難以言詮。當我拒絕外在世界，關閉武裝程式，洞開所有想像、慾望毛孔，獲得掌控文字、故事的權力，是人生至高的享受。貪食使人肥胖，權力使人腐化。創作過程中，我拚命且快樂地消耗自己的健康。

於是，沒有觀／聽眾實已無謂。

漢藥免疫系統缺失症

草本：說故事的方式百種，你可以躲藏於故事中，與真實自身保持距離，但你似乎選擇透明展列自己，成為完全赤裸的標本？

藥罐：故事，可以存在於多種文類中，如詩、散文、小說和戲劇等。即使選擇以散文表現，它仍是故事載體，當記憶斑駁或根本毋須任何理由，你可以虛構補白。一般而言，散文相較於其他文類，較貼近個人真實，愈寫，自己就愈透明。但是，散文中的真實，可能是一廂情願的傾斜，或者包含誤解、扭曲、多次翻修的雜質，成為變形真實的哈哈鏡，所以，與其說真實，不如說真誠，前者是創作文本的內涵，而後者則是創作的態度。

我平常面對日記，都不見得透徹地解剖自己，害怕面對內心的陰暗與傷痛，因此寫散文時，也不習慣完全坦露生命，總在允許「裸露」的範圍內，時而矜持時而縱情。因此，寫作或可被視為自我救贖或療傷，當真實人物、事件、風景皆回歸文本的時間零與空間零之際，透過說／寫故事，不斷地為自己操控大大小小的精神手術。於是，偶爾透過文章中的自我形象，審視、檢閱自身，與曾經的恐懼、焦慮或自以為是的哀愁照面，這種感受，我在〈顛倒夢想之公倍數〉散文中稍加省思。

我想，散文並非是經由透明自我的手段，成為標本供人閱覽，而是，通過文字，看見自己的脆弱與殘缺。我希望自己無論在創作或反省層次上，皆能以真誠心相待。

草本：所以，你打算維持藥罐的透明，繼續說／寫草藥身世？

藥罐：漢藥的世界有好多有趣之處，像豐富的礦脈，無論是草藥的氣味、形狀或名稱，都值得探勘與挖掘。這是一場永續的遊戲，一旦啟動開關，便徹底沉淪。草本精靈啊，具有迷惑神經的屬性，置身於草木蟲獸的桃林，對於它們的誘惑，我總無法免疫，因此，目前我打算先加盟草藥國度，看能否完成中學未竟的夢想。不過，也不排斥其他有趣的主題，希望在嘗試創作的同時，也能從中學習不同領域的好玩事物。

喔，暫說到此，你面前的門縫，似乎透出光亮，我不贅言啦。當你歷險歸來，別忘與我分享，別說什麼「不足為外人道也」之類的生分話。

土地平曠，屋舍儼然，有良田美池桑竹之屬。美麗之境，諸高尚士聞之，必欣欣規往。相信大夥訪後皆有所獲，不信你看，問津者多著呢！

藥罐子

中醫師的女兒？

甘草

【本草綱目】補肺益氣，清熱解毒。

【藥罐綱目】解「中醫師女兒」之魔咒。

妳是醫生的女兒嗎？

我是。

可以幫我拿月經失調的藥嗎？

抱歉，我不清楚。

那麼妳會做些什麼？

我可以幫妳掛號。待醫生診斷後，我幫妳配藥。

妳看得懂處方箋？

懂。雖然我父親的處方箋像懷素帖，每個字那麼簡率輕盈，可我看得懂。

妳瞭解每罐藥的藥性、療效和使用劑量嗎？

不完全瞭解。每次看到藥名，首先浮現在我腦海的不是藥性、療效和使用劑量，是藥名的音樂性、意象性和想像可以酌取的程度。

妳是醫師的女兒嗎？

我是。

妳不太高。我幫兒子帶的吃長高的轉骨藥，是否沒效？

個人體質不同，也許妳兒子吃了有效。

妳也長痘子。我女兒吃的黃連解毒，恐怕也沒效？

我熬夜所以冒痘。黃連解毒清熱，妳女兒若按時服用，飲食、作息正常，我想她的痘子會消。

妳的聲音聽起來像感冒。妳吃了家裡的感冒藥麼？怎還沒好？

我確實感冒，也服用家中的清鼻湯、銀翹散。可我今天吹風受寒，病毒又發作。

妳並不太瘦。我嫂子託我帶的減脂茶，恐怕沒有明顯效果。

我血壓低，無法喝減脂茶。不過，若缺乏運動，飲食過量，減脂茶的效果也會降低。

妳還染髮。身為醫生的女兒，妳應該知道染髮劑含有致癌物質。

是的，我染了紅髮。我父親也曾告誡，但我抵抗不了愛美的心態。

妳著細肩帶上衣，穿破牛仔褲。妳沒有醫生女兒應有的氣質。

我穿細肩帶、破牛仔褲。我穿網襪，我穿垮褲。搽紅色指甲油，塗綠色睫毛膏。我聽Hip-hop，我學FUNKY。我鮮少極有禮貌地端坐，我未曾掩嘴微笑。我不高，我長痘子，我會感冒，我不太瘦，我染紅髮。我是醫生的女兒。

喂。妳是李醫師的女兒？

我是。

李醫師沒有兒子嗎？

李醫師有兩個女兒。

李醫師沒有兒子哪。

李醫師有兩個女兒。

妳也學醫麼？

我唸文學。

妳姊妹學醫吧。

我妹妹習醫，不過是醫療技術，不是中醫。

李醫師真的沒有兒子哪。

李醫師有兩個女兒。

可惜，沒人繼承妳父親的志業。如果你是醫師的兒子……

如果我是醫師的兒子，我會選擇自己感興趣的路走。我是醫師的女兒，我略知簡單的醫藥常識，從藥書內頁觸摸文學質感。我是醫師的女兒，如果願意，我亦可繼承父業。

這裡有醫師的女兒？
是我。
我腹痛，請問是什麼原因？
我不清楚，這須經由醫師診斷後，方能知曉。
我全身發冷，頭重腳輕，吃什麼藥有幫助？
抱歉，我不確定。
這是我姑姑從大陸攜回的參。妳看是什麼參，對身體有何幫助？
抱歉，我看不懂。
這些圖片中，哪一樣是「澤瀉」的植物原貌？
抱歉，我得查一查。
羊肉爐的漢藥配方，哪樣最香、最營養？
抱歉，我打電話問媽媽。
我這裡不舒服，也許妳可以幫我針灸。
抱歉，我無法幫你。
覆盆子、白扁豆、藏紅花分別有什麼療效？

抱歉，我也得查書。

坐月子有什麼禁忌？

抱歉，我也需打電話問媽媽。

妳什麼也不懂，妳究竟是不是醫師的女兒？

這位是中醫大夫的女兒。這位是西醫師的兒子。

妳父親的診所內沒有電腦，如何找病歷，如何看診？

我父親以他厚實的手，翻尋病歷。病歷上角，有他的溫度和指紋。我父親且以他溫暖的手，為病人切脈，以他親切的笑，診候病患。

妳父親看個病人一刻鐘，我父親診個患者半分鐘。

我父親不單看病。他和患者話家常，聊他們的心事、瑣事。偶爾，他與他們談佛法、談修行，治療他們的心病。他看著他們的臉膛，而非對著電腦。他切度他們的脈搏，而非啪啦啪啦地敲響鍵盤。他親自為他們拿藥，因此他們領回的草藥有父親的手澤。他逗笑愛哭的孩子，給孩子山楂丸吃。他請客人嚐些八仙果，分他們幾顆紅棗，像市場小販贈予蔥蒜。

妳父親的藥，吃了兩週還未痊癒。我父親的藥，服用兩天立即見效。

漢藥溫和，療程較長。漢藥和文學一樣，旨在纖柔的吸收，輕緩的代謝。

從妳父親的診所能看見「家」的影子。我父親的醫院淨是醫療人員及病患。走進診所店面，穿過玄關，是我家客廳。當媽媽烹食，菜香飄入診療室，像背景音樂。通常，媽媽走出廚房，即是護士，雖然她並未換護士白制服。爸爸步出客廳，即是醫師，即使他著藍色條紋襯衫。小狗跳至客人腳旁，大人小孩摸狗逗狗，像你家的小黃一樣聽話。偷偷告訴你，我偶爾用父親熱參的烤箱烘麵包。也許，誰在嚼參的同時，能隱約嗅察奶油土司的甜。還有，我們全家一邊看連續劇「大宅門」，一邊包裹減脂茶。也許，誰在飲茶的同時，能依稀辨聞劇中主角對白和我家人的笑聲。父親的診所充滿色彩、聲音、香味、人氣，有文學的密度，美學的濃度，哲學的向度。儘管你沒生病，仍歡迎你來坐坐。我煮壺桂圓紅棗茶，你來點生活冷盤。

可以給妳個建議嗎?這是同為醫生孩子的忠告。

請說。

在病人面前，請稱呼自己的父親為醫師，以免不夠專業。

醫師娘嗎?

醫師娘不在。

醫師在嗎？

醫師外出開會。

可以幫我按上回的處方拿藥嗎？

可以。上回是吃流鼻水、喉嚨有痰兼咳嗽的藥嗎？

是的。

你的藥好了。一日三回，飯後服用。

妳是李醫師聘請的護士吧。

不是。我是醫師的女兒。

妳是醫師或是護士吧。

我不是醫師，也不是護士。我是醫師的女兒。

妳幫我拿的藥沒問題嗎？

沒問題。我按處方給藥。方才與醫師通過電話，他說這處方合適。

嗯。我想等他回來，再請他重新拿藥。

喂，〇〇藥行。

我是李醫師的女兒。父親請你們送半支蓮半斤。

嘿，一副醫生口吻哪。

可以現在送嗎？有人急著要呢。

遵命，醫師的女兒。

待會過來，順路幫我帶份煎餃，有些肚餓。

沒問題。外頭還下雨嗎？

早放晴了。也許你來的途中，還看得見彩虹哩。

藥罐子

城

冬蟲夏草

【本草從新】補肺益腎，止血化痰，治勞損咳喘。

【藥罐綱目】狀若音符，服用後，瞬即憶起父親的溫甜歌謠。

我拉出藥櫃，揀幾片高麗參，抓三兩枸杞、黃耆至藥壺，加三碗清水，將壺放至插電的爐上。此時，鄰近小學的放學歌開始播放，是我每天煎藥的背景音樂。從綠色紗窗望去，隔著高低的盆栽、橫豎的晾衣竿和紅磚牆，望見小學生如波浪沉浮的橘色帽頂。

「牆要打掉了，少說也二十年了，可惜啊！」看那片磚牆，我不禁想起爸慣常的低喃。為拓寬道路，隔兩條街的老磚瓦屋已拆得差不多，半條石梯孤單懸靠於牆側，野草沿牆縫猛竄，夜晚偶有幾隻棄犬群聚，嚎叫。據說兩週內將拆及後院磚牆。

端碗至窗口吹涼，待爸看診後可立即喝溫藥湯。他步入廚房，接過我手中的碗，慢慢飲下。見他喝盡，我感到心安，相信中藥正和緩降低血壓。爸望向後院，視線停在磚牆上。聽見他細微的嘆息。從前他很少嘆氣，總在藥罐前笑著唱中藥歌。

枸杞兄、菊花妹給你水汪汪的大眼睛，甘草弟甜甜降火氣……

爸從藥罐取出枸杞、菊花、甘草，我記誦他編的歌謠。飯後爸混煮這三樣草藥，快樂哼唱。一刻鐘後，斗室飄散清香。我倆輕啜燙茶，他的鏡片起霧，我卻能感覺他笑瞇的雙眼。夏天，爸喜歡煮大壺菊杞茶，待涼裝罐、冰鎮，其中一罐加了冰糖或蜂蜜，讓我帶到學校與同學共享。體育課結束，班上同學衝往福利社，大口吞飲料，猛喘手臂直往漲紅的臉擦去，我和阿雪則坐在樹蔭下喝菊杞茶，感覺涼風吹入喉嚨、心脾。

喜歡看爸抓藥。上百種草藥收納於木櫃抽屜或玻璃罐，他總立即尋出，拉開抽屜，一手持秤，一手迅速抓藥，將秤中草藥等量置於紙上。我總覺他和藥草存在非言語、表情的默契，藉手的溫度、觸覺感應他們。爸像指揮家，循藥譜點名，棲眠於罐中、抽屜的草藥睜眼，隨隱形旋律舞唱，停在指間、藥袋，待燉熬時釋放靈氣。

茵陳綠，金銀花，石斛黃，淡竹葉有淡香，多喝給你好心肝……

我踮腳站在圓凳上，看爸將養肝茶封袋。此藥方是求診客人剪報所得，每回他人拿單揀藥，爸謄抄一份，讓更多人獲良方受益。茵陳味辛、微苦，銀花、石斛和淡竹葉味甘，混煮釋出茶香，光聞暑氣已消。雖名曰養肝，但涼茶解熱，我和爸喜歡在盛夏晨起飲一杯，消解起床悶氣。

桂枝當歸和白芍，黑黑一碗轉骨藥……

青春期我個子仍小，臉上冒痘，於是爸燉轉骨藥、配大包黃連粉。轉骨藥味苦，為求長高，只好捏鼻仰頭連飲三碗，黃連更苦，每回和水呑下立即找糖吃。現在回想起來，叛逆的年紀不酸不甜，是苦。當時爸教我認藥，草藥有不同的形狀、味道，有些像鳥食、燈蕊、橡皮，讓我著迷。我的心智發育同體型一樣緩慢，當同學忙著考試、單戀、迷偶像時，我卻不時把玩草藥，趁爸不注意時偷藏草藥，製成書籤或儲入音樂盒，竊取芬芳。翻遍藥櫃，想像這是我的城堡，在每個樓層、轉角尋到王子公主或獨角獸的故事段落。青春是苦的，我躲入虛擬的城，私釀童話。

冬蟲夏草不是蟲，不是草，喝了不會變蟲變草，讓你變得更聰明……

那晚，在磚頭書堆打盹的我，朦朧聽唱謠游近。冬逢期末考，爸揀洋參、枸杞、冬蟲夏草，連同新鮮鮑魚片文火慢燉。瞪著湯碗裡肥蠶似的冬蟲，我鼓起勇氣送入口中，發覺脆有嚼勁。喝幾大碗，四肢暖活，昏腦開通，比雞精、康貝特更有效。爸不喜歡我喝加工又不營養的補品，「中藥溫和，對身體好，」他對我和客人說，「吃西藥快好，但恐有副作用。」

某次我拔牙喊痛，爸熬參湯，同幾包藥粉端至床前。我翻出藥單請他幫我至西藥局領藥，爸淡淡地說：「那些都是止痛藥，對身體不好，吃中藥粉就好！」並將藥單揉成紙團扔掉。爸離開，我攤平紙團，發現處方欄填寫著潦草英文。他懂那些藥名嗎？吞下藥粉，齒痛仍劇烈，我嚥下齒縫血腥，到西藥局領藥。回家後，聽爸正和病患聊天，他說三年來吃安眠藥方能入睡，過度依賴造成精神疲弱。爸開調養腦神經處方，請他配合減少安眠藥用量。當時少許業者販售摻西藥的劣質中藥粉，病人感到不安，爸正色說，我用的都是純中藥，並滔滔言說中醫與時共進的發展；傳統藥草的調養更適合現代人云云。他駁斥中藥傷身的報導，柔緩聲調裡有捍衛與堅持。我捏了捏手裡的西藥包，發覺掌心冒汗。

彷佛看見，爸身上的草藥味擁抱無數機能磨損的肉體、精神。那件醫師白袍的袖、領、口袋嗅不出汗液或紙銅氣，只有雜陳藥味。二十多年前，他撐起中藥行，整日看診，抓藥，針灸，利用閒暇閱讀佛經，練氣功，醫人病也治人心。他以原生草木為磚瓦，築起隱形的城，藉藥材磨、燉、熬、煎充實城內臟腑，統治城的氣味、溫度，分配藥草的歸宿，用那雙指揮家的手和豐沛感情，引藥靈進駐更多病弱、衰敗的城，溫和進行維修。城壯大的同時，不斷抵抗他城攻略，淘汰雜質，提煉精純良方，餵養枯黃小城。

統治者帶領健康的城，城也以內部的化學實驗，滋補他的精氣神。

那時，城始終飽滿，紅磚牆也年輕。

爸承租這棟房的一樓，前段為店面，中後段隔室擠入一家四口，拆後院竹籬改建磚牆，砌築溫暖的家。一塊塊紅磚都是一張張相片，裱褙那段借貸、苦讀、代工的往事，記錄他咬牙撐起小爿店面、二房一廳的血汗史。

他在磚牆旁的屋頂曬藥。偶爾，他和媽上山健行，攜回幾株植物製藥或淨身，截斷、打磨後，置於鋪報紙的篩簍上，連日曝曬。收容百藥的抽屜也須定期清空，攤曬各色容易生霉寄蟲的藥草。中西藥進入高科技濃縮處理的今日，曬藥是浪漫近乎神秘的存在。我坐在屋頂上撫玩簍中藥材，白花花的光線照得腦袋暈惚，青春期的藏藥往事變得不真切，我懷疑從小說竊來，但手指卻分明記憶曾有的溫熱、粗糙。大雨後的第一個烈陽天，屋頂布滿篩簍，如搖籃，裡頭的小生命正熟睡。紅磚牆是計時器，當陽光斜畫第三層磚；割出直角三角形時，爸就收簍，避免傍晚散步的貓族撒尿。即使沒曬藥，他也趁閒暇繞到後院澆花，立在牆前若有所思。

「少說也二十年了。」爸仍看著磚牆。紅黃葛藤沿壁蔓生，我想起爸頸、臂、腿上的導管。

他的腕上繫著綠色塑膠片，尾端綁附姓名、出生年月日和症狀的紙卡，工整細明體上，覆蓋潦草的英文字。躺臥床上的爸臉色蒼白，眼皮淡紫。醫生將小指長的針頭斜插入上臂。導管一端插入胸口，另端連接標有刻度的塑膠瓶。葡萄糖注射液。我逐字默唸，像不帶語意的音節。記憶中，除自然科學或生物教科書外，搜尋不到這組字串。

急診室充滿強烈藥水味，隨處可見哀嚎的病患和皺眉祈禱的家屬。鄰近床位前圍十幾人，或低頭拭淚，或捶門哭喊，我瞥見床頭螢幕裡拉成水平的心電圖，頓覺暈眩。這裡塞下數十張病床，走道窄小，無對外窗，唯一稱得上風景的是櫃檯電腦螢幕的桌面。阿爾卑斯山，藍天，白雪，綠地。安靜、虛假、陌生的城。城裡，爸簡約為一張病例，一個號碼。

戴毛帽的老人張嘴喘息，握塑膠杯的右手不停顫抖。頭髮蓬亂的女人瞪視走廊上來往的醫護人員，嘴角流出唾沫。扶著床欄杆的瘦小男人，用力咳出濁黃血痰。家屬將果肉切丁送入神情呆滯的阿伯口中。有人撕開藥包和水吞下，有人緊拉醫師手臂追問病情。

在城裡，他們是爸關懷的朋友，現在爸卻和他們躺在另座城裡。

他脫下醫師白袍，換上印某醫院字樣的淡綠衣褲。刺鼻藥水味鑽出領口，我執起他右手，貼近口鼻。微弱藥草味。

「心肌梗塞……我知道的。」救護車上，爸閉眼，手貼胸口。

五叔說，爸在車上打坐、運氣，但臉色仍由蒼白轉紫。

青紫的城裡，氣息微弱流動，行經受損街牆，試圖以剩餘力量敲開血液凝滯的迴廊，但轉角封死，無法疏通。統治者知曉破漏之處，此時卻無能為力。他明白調養丹方，但草藥溫吞催化比不過一劑強針。我感覺冷風吹入壁縫，聽漏水滴滴答答，聞到開始腐敗的氣味。城門關閉。

城門開啟。心導管手術在下午四點半開始。

蓮子，淮山，芡實，茯苓，白果，薏仁，圓圓方方小東西，恢復元氣和體力，快快趕走壞毛病……

爸正熟睡。他的手臂留下針插的青紫斑點，幾日沒好好梳洗，下巴長出稀疏的灰白短鬚。高挺鼻樑畫出剛毅線條。外表嚴肅的統治者，內心柔軟悲憫。身臥病榻，卻掛記病人和草藥。爸過於辛勞，鎮日為求診者把脈、量血壓、抓藥，利用零餘時間整理病歷、閱讀藥書，忽略自己亦為血肉之軀，需調養、休息。人患病求助大夫，大夫病了如何？總以為醫生是鐵打身，不畏病寒侵襲，即使鬧病自己摸脈、針灸、吃藥便無礙，怪的是他們生病，抓到病根也無法對症下藥，或許是受心理因素影響，像爸患重感冒吃藥仍不對勁。大夫患病，心更加脆弱，需更多關照。我燉了他愛喝的湯才明白，這是長久以來我們表達情感的方式。

燉鍋中的四神湯猶溫，飄散爛熟排骨混藥湯的味道。四神的取名不俗，爸曾說遠古四名神人降凡，靈氣藏於蓮子、淮山、芡實、茯苓裡，保佑食者健康長壽。其後方知爸胡謅，但如今正確段落已不復記憶，反是他的故事給我無限想像。看他蒼白的臉，我暗自求禱四神飄出童話，為爸守護，就像他曾經守護著家、紅磚牆和城。出於信仰般的虔誠，統治者以肉身、精神奉獻城。走進爸心裡築構的城，我被力量牽引至藥櫃前。謄寫的藥單中有帖名為「心肌梗塞方」。

桔梗，百合，丹參……

曬乾的植物褪去顏色、水分，壓製成硬殼，收在抽屜裡等待爸領他們透氣，進入另一座病城、危城。置於掌心，隱約感覺生命回應，像觸摸爸溫暖、濕潤的手。爸住院期間，我接掌曬藥、抓藥工作，定期為他煎藥，從原先的牆外窺視者轉入城內，親手照護藥罐裡的生命，逐漸明白他對城的感情。城是有機體，藥草會呼吸、微笑、作夢，或許偶爾也學爸唱謠。城看似現實世界的虛幻妄想，是統治者夢裡發光的影，但當我飲下藥湯、涼茶，卻感覺他們在體內睜眼，游到虛弱、斷傷的裂口，親吻，縫補。

他們在城裡死去，在另座城復活。靈魂伴隨指揮家的音樂，自由進出城與城。放學曲戛然終止，小學生的帽頂消失。爸仍直視磚牆，他的白髮、皺紋、肝斑在我眼縫間微微晃動。

統治者從儀器、藥水所打造如白瓷的城歸來後，經常嘆氣，歌謠鎖回緊閉的口中。他教導、訓練小統治者辨識草藥形貌、脾氣，叮嚀雨後的日光浴，傳授和平共處之道。小統治者在旁看他循藥譜演奏的神態，學習溫柔、謹慎地對待城內生命。老道經驗已嵌入動作裡，不自覺流洩旋律，即使他不再唱。小統治者沿磚牆拾起他走失的音符，於城醒轉時輕唱：

> 菊花枸杞甘草，茵陳石斛冬蟲，流出童年回憶，停留我的掌心。

藥罐子

大夫的另類劇場

黃連

【本草綱目】治熱發病，目痛、目部流淚。

【藥罐綱目】服用後瞬即憶起過往趣事，
笑中帶淚。

藥罐子

我常猜想，如果爸爸不是中醫師，他極有可能成為另類劇場的團長。雖然他曾經告訴我，他幼時的願望是擁有一座牧場，養牛飼羊，餵雞豢馬，不以殺生裹腹為旨、販售獲利為業，而是經營小規模的動物天堂，享受人畜天倫。

肚皮火圈

記得我幼年，爸爸曾私下表演特殊技藝，某次甚至以我的肚皮為舞台。倘若記憶無誤，當時的觀眾有外婆、媽媽、妹妹，還有家犬小瑩。我們一家子擠入窄小臥室，他們包圍著我，準備觀看好戲。腹疼的我躺臥硬鋪，上衣褪捲至胸前，坦露白白肚皮。爸爸燃起什麼，迅速擲入杯中，頓時透出暖光，在火將熄未熄之際，持杯倒扣貼緊我肚腹，家人護著餘燼星星，彷彿吹燭許願。杯內瞬間凝為真空，緣口牢盤肚皮。那時我如此年幼，杯中的肚臍漩渦彷若半枚葡萄乾。大夥瞅著那半枚葡萄乾，猶沾乳臭的紋理。我也許臉紅了，忘記疼痛，頻頻抓撫綻線的毛衣袖口。現在想起，這畫面過於超現實，尤其火光亮起的剎那，清晰了暗室裡家人瞪大的眼，我印象甚深。後我方知，這是民俗傳統療法——拔罐。

拔罐療法的原理，是利用點火燃燒的發熱方式，在密閉空間內形成負壓，藉此排除空氣。此時，拔罐的器具緊吮皮膚，牽拉淺層肌肉，表面立現充血，刺激經絡，調理虛實，暢血順氣。拔罐是傳統中醫的珍貴資產之一，早在秦漢之前便施行此法，不過當時並無現今慣用的玻璃製品，多以獸角為工具，因此古時拔罐又稱「角法」。一九三七年於湖南長沙馬王堆漢墓出土的醫書中，便已明載拔罐之方。想及我的肚皮曾見證、參與秦漢以前的古醫拔罐史，就覺這場跨歷史的肚皮火圈公演，應載入我個人生命史內。當罐口抽拔，肚皮上的潮紅潤紫就像一枚中醫史頒授我的勳章，光耀閃射。

信眾禮拜

那回我問爸爸，當我肚臍眼還是半枚葡萄乾的年代，每隔兩週，他會帶我和妹妹訪一處荒地。至於荒地的環境、景象早已湮漫於記憶深處，我甚至不能確定荒塚上的碑是何等模樣了。但我記得，通往荒地的腸徑蜿蜒，父親牽起我和妹妹的手，途中不發一言。若逢熱天，爸爸會從褲袋掏出藍底白格手帕，仔細而優雅地拭汗。若臨下雨，爸爸則撐起黑傘，將我們攬入傘蔭下。我問爸爸要去什麼地方，爸爸說，天機不可洩漏。現想起來，爸爸怎會和愚稚的我們說這麼文謅謅的話呢，可我和妹妹都記得，傘下的爸爸一臉陰鷙。印象中，我們一副前去拜拜或掃墓的模樣，父親著成套的深藍西裝，姊妹倆亦盛裝，提著餅乾、水果。回程車上，爸爸抽扯領帶束口，同時也稍微鬆口，拜那個，對我們身體有幫助，尤其對妳們的過敏鼻子特好。關於荒地種種，我倆一概不知，每逢憶起，縈迴腦際的猶是那句，天機不可洩漏。

眼球科幻

我並不清楚「做眼睛」的正式醫療名稱。那裡的阿姨很親切，不過如果我喊她大姊姊，她會更親切。「做眼睛」的醫療單位設在一家中醫診所的頂樓，爸爸和這位中醫伯伯是好朋友，「做眼睛」的所有醫療設備皆從國外購置，包括像冰箱大小的儀器、頂上裝設大圓盤的照明設施，以及奇形怪狀的微型器材。診所未設電梯，因此每回我和妹妹都得穿過診所的重重廳堂、穿廊，迅速通過大批老弱婦孺。他們總用奇怪眼光盯看我倆，讓我們渾身不自在。好不容易來到「做眼睛」的地方，推開深色厚重大門，那位以大姊姊身分自居的阿姨便迎上前。

療程約一個半鐘頭。首先阿姨會領我倆按揉眼睛周圍，做簡易的眼球運動。隨後進入冰箱型儀器，關上金屬門板，阿姨從旁側按推數鈕、轉調圓軸。在裡頭做些什麼、有什麼特別的感覺已不復記憶，至於其功用為何，我也未嘗過問。走出冰箱，阿姨要我坐上轉椅，移來大圓盤的照明，正對我閉上的眼。隨即拿一筆型的金屬短棍，用其中削尖的端頭，銼壓臉、眼周圍，疏通穴脈。印象中，阿姨手力勁足，往往點得我眼淚、鼻水直流。之後好像又得蹲入某器廂蒸烤才算完成。療程結束，阿姨開始測量視力。對於那塊亮燈的視力量表，我和妹妹早已熟記其缺口朝向及相關位置，即使閉眼皆能應答如流，每回量度的結果不是一點五就是二點零，因此阿姨在我倆的視力成績單批完高分後，總露出滿意的微笑。遠視的妹妹和近視的我經數月診療，捧著「視力模範生」的畢業證書回家。

「畢業」當天，好像演完一齣科幻片，我和妹妹有種謝幕的光榮和疲憊。如果當時阿姨告訴我們，「做眼睛」的地方事實上是太空總署基地，她的真實身分是此機構的相關高層，而我倆將被指派駕駛太空船，負起拯救地球、消滅異形的任務，我也不會太感驚訝。

這一切如此虛幻。日後，妹妹依舊站得遠遠看電視，我仍然頭貼課本寫字。

武俠療法

除熟習中醫外，爸爸對氣功也頗有研究。每天清晨，爸爸慣在頂樓練氣功。閉眼，提手，運氣，緩緩轉出數招動作。出掌，舉腹，縮肛，氣流運行不輟。爸爸勤練氣功，也在某單位擔任講師，授功說法。在我國中時期，爸爸教姊妹倆打禪運

氣。爸爸閉眼談禪，要我倆專注呼吸，我們瞌睡蟲上身，頻頻點頭狀似悟道。當我倆生病，他喚姊妹二人面他盤坐、閉眼，待他理氣巡暢數回才開始發功。爸爸出掌，掌心對準我頭、腹等病痛部位。我常想像爸爸的手旋出串串紅光，像武俠片中正反兩派對決的特效。我的痛處囫圇吞入紅光糖串，有些痲癢——且不知是真有感覺還是意識到理應有此感受——而後莫名想笑，也許真有癢意，也許想及爸爸像劍俠掰出光球的荒唐模樣。小覷爸一眼，他的莊嚴讓我的惡意稍顯斂制，只得咬唇忍笑。幾次我失笑出聲，立即遭爸爸週身發散的聖光白眼。診療結束，爸爸照例問我患部有無熱感、還疼不疼，我看著他背部戲劇性的聖光，只得趕緊陪笑：有熱感而且好奇怪一點都不疼了哪，那葷聖光才像撤場般地逐漸消蝕。

肢體瑜珈

每當我感冒受寒，噴嚏鼻水轟隆，爸爸聞聲，即擲冷光眼鏢。依據我多年經驗的同步轉譯，這眼鏢大抵可譯為：還不快去練「鼻聞法香」。「鼻聞法香」是爸爸修練氣功多年的所得，步法配合運氣，有助於鍛開肢體、絡達濁氣，特別是鼻塞者的福音。我的鼻囊敏感，遇冷空氣便淅瀝作響，爸爸囑我勤練「鼻聞法香」，但我貪懶已久，「鼻聞法香」的旨要記得零落，端式滑稽，像猴耍戲，像豬仔踮腳溜冰。因此當爸爸再度斥我好好溫習，我喔一聲且暗自進行鼻囊轄制，不讓爸爸看穿鼻管洪汛。

臭氧曼波

爸爸說，臭氧對人體很健康。由於我們的空氣品質持續下降，又聘不到女媧為咱們補天，乾脆購台臭氧機，健康ＤＩＹ，求人不如求己。機器鎮日拚命為家人製臭氧，光是看它超時地工作，我的鼻塞似乎就該不藥而癒。有時我會將輸出氣體的細管探入被窩，晚上嗅著枕畔臭氧鮮味，似乎特別好眠。於是我看見自己立在臭氧夢土，腳踩曼波，所有病痛苦難隨著舞步跡散骨滅。凡是可為家人健康加分的食品、儀器都被爸媽請回，前者如卵磷脂，後者如遠紅外線爐等一般家庭鮮少擁有的怪奇玩意，在我家皆可覓得。卵磷脂粉沖水便是身體檢測劑，每人啖嚐，其味分殊，據說喝來感甜的人身體最佳，喝來若水的人次之，其餘數味各有等次。爸爸飲後略識酸甜，我的舌根則莫名其妙泛著皮蛋騷味。遠紅外線爐散射的線光對骨骼有益，爸媽理當供奉著。因此來我家拜訪的客人也順便做了一次簡單的健康檢查及身體保養。

皮囊煉金

說起另一個距今有五千年歷史的中醫資產——針灸，可是爸爸的拿手絕活。我曾向爸爸拜師學藝，但因我無法持之以恆，嘗試數週便逃離師門。

不像媽媽的針線盒花色繽紛，針灸盒陽剛味十足。針灸屬侵入性行為，恐造成血液感染，因此現在使用的是拋棄式衛生針。記得許久以前，爸爸的針器有寶刀氣派，編載無數人的血脈史，正因如此，每使用後須以鍋爐煮沸消毒。更早以前，我記得爸爸曾捏針過火，炙滅菌毒，頗有煉金術士的架勢，爸爸則說妳看太多武俠小說。總之，爸爸抽出如毫髮的細針，在求診者的頭皮、手足扎針。下針前，爸爸總央對方吸氣、憋氣，順氣推針定穴。據我觀察，初次接受針灸的人總小心翼翼，端坐不動，大氣不喘，連眼球也不敢轉動。有多年挨針履歷的人，聊八卦抽淡菸打毛線抹口紅，此刻若我播放拉丁歌曲，他們可能會模仿瑞奇·馬丁扭臀浪舞也說不定。等待拔針的時間裡，有人兜去吃飯、領錢、逛街，完全不怕頭上、頸側的針嚇壞路人。這讓我想及系裡一位亦通針法的老師，偶爾針未取出便前來上課，學生盯看頭頂的次數想是勝過黑板和講義。

「針灸文化」現已不再是東方醫學的私房佳釀，而漸成為西方醫學的「超人氣特餐」了。據《康健》雜誌三十六期的報導，自一九七〇年尼克森訪問中國後，針灸止痛之說遂傳進美國，「美國國家衛生研究院（ＮＩＨ）展開大規模的研究，隨後其他國家的研究也一一發表……美國國家醫學圖書館內收錄的針灸研究報告，已經超過兩千份。」曾被批責為「共產黨的神話、催眠」的針灸，學術價值及地位日漸獲證。西醫研究進一步發現，針灸治療疼痛有其卓效，尤其是神經性引起的疼痛、自律性神經失調，舉凡身心症、功能性腸胃障礙和手術後復健等也提供不少幫助，其原理在於針灸刺激穴位點時，「使腦部釋出一種化學物質和腦內啡，可以降低人對疼痛的反應。」《康健》雜誌指出，許多外籍中醫師於台北某中醫診所學習針灸，近二十年來培養出超過百位的外籍中醫師，他們有的從針灸療法中獲得益處，有的則是口耳相傳前來拜師，習得針灸精髓後多返國造福患者。

這群金髮藍眼的外籍人士渡海越洋遠來求經，我身為中醫師的女兒竟恣意放棄，想及此總覺慚愧。話說我向爸爸習針灸的那晚，爸爸給我一方軟綿，充作人體皮膚，教我插針技巧。他說，當妳插針直入軟綿，針不斜，手不晃，我的手當妳的練習板。我想持針插海綿不就似持刀分海綿蛋糕般簡單，愛吃蛋糕的我早已練就刀剖奶油胎、屑不黏刀的功力，也許隔日爸爸就得為女兒「捐軀」了。但別小看這「蟲伎」，儘管我練上三週，仍難馴服頑針，手早提乏，腕處筋瘀血滯，依舊不合

格。好不容易勉強熬就，以爸爸的手臂為實戰場域更是高難度挑戰。爸爸二十年練就的針法簡直是「庖丁解牛」現代版，所見無非經絡、輸穴。八會穴，手足三陰三陽，他人皮肉瞬間支解為骨、脈、絡、穴，如牆上的經絡掛圖，又譬似萬分之一比例的地圖，山脊、百川、巷弄無一不晰徹。雖即爸爸教我辨識輸穴定位，什麼骨結突起，筋肉凹陷，皮膚皺紋，臍窩，五官，爪甲等皆有穴可循，但我更感興趣的是辨讀穴名，什麼溫溜，迎香，梁門，外陵，公孫，承靈，神庭，上星，璇璣，八邪，朗朗如小兒背書，磚厚的《針灸經外奇內圖譜》可供落魄文人寫足百冊劍俠外傳，供武者稟練百招絕術奇式。不才如我，像朗讀幻奇小說般逗賞文字、音韻、形構，關於經穴概述、望聞問切、度寒熱虛實等一概不知。儘管我努力瞪視，爸爸的手臂依舊多毛、多汗斑，而非百川暢流、百穴怒張的立體經絡圖。當晚我棄針持刀，哀怨地切起海綿蛋糕。

刮砂圖騰

當我啃著美味的牛角麵包時，爸爸正細細擦拭他寶愛的牛角。隨後在媽媽的裸背上抹油。爸爸持牛角往媽媽的背刮畫，不久，媽媽的背像浮水印般顯透淋漓紅爪。媽媽嘖嘖，爸爸依循經絡刮現巨蛇圖騰。那尾紅蟒盤在媽媽背上吐信，傾盡媽媽體內的暑熱積毒。這可比時下流行的刺青玩意更炫哩，其健康指數也較刺青高，不僅毋須擔心永蝕皮膚，待紅印消散後又可刮刻另一圖騰，應更受善變的年輕人喜愛。思及此，我也微露頸側供父親大秀手藝，我疼地呱呱叫，爸爸則應景給我刮隻剛孵化的紅毛鴨。爸爸一副玩彩券的模樣刮上癮了，追加妹妹一方嫩肌。妹妹哞哞，但爸爸並未刮出赤犢。最後爸爸並未刮出小牛亦未刮出千萬頭獎，我看著淤鮮紅墨，依稀辨出米羅或馬諦斯的仿作。

想起高中的住宿時代，同學們以梳背、硬幣替彼此刮砂，愈迫近聯考，大夥互刮得愈凶，最後且不知真是疏經活血抑或發洩情緒了。制服下困著褐蟒、紅蟹、番鴨、赤馬以及血痕斑斑的心。事後我方知刮砂雖為民俗療法，但亦不可胡亂為之，爸爸曾為我們的作為大感驚詫，他以為若逆經違絡瞎刮一氣，恐會刮出血淋骷髏。不過有刮砂經驗的我們至少略知這門藝術的精妙，偶見街坊婦人頸背汪泛赭紅，亦不至於義憤填膺地衝向婦女受虐協會告狀。雖未曾釀鑄如此大的笑話，小小糗事卻無可避免。某日，班上男同學頸背有魚尾抹紅，看來過去鬱積不少熱毒，我以專業口吻搭問，他微赧，舉止吞吐。後聽他朋友私下透露，那是他和新女友前晚努力「種草莓」的戰績。

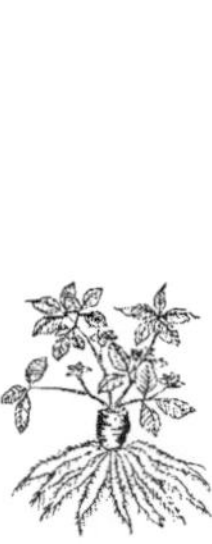

群獸獻藝

後來我想，爸爸並未放棄他的幼年夢想，他許是瞞著家人進行動物天堂的招募籌措。我或也遺傳到爸爸對動物的憐憫心，因此看到流浪狗，常大方將三明治中的火腿片分予狗狗，瞧牠狼吞虎嚥，我則快樂地吞下那枚掏除火腿的素早齋。爸爸學佛後不忍殺生，惜生護生，所以我家的蟑螂特別囂張，蟻隊可組兵團，蚊蚋肥腸，楓葉鼠似兔，兔兒若小狗，小狗如幼馬。爸爸覺得中藥對人體較無副作用，並將此項推證應用在我家寵物狗身上。我家小狗傷風，爸爸不願帶他去看獸醫，說什麼狗上了診療台不停顫抖，吠聲催人淚。爸爸餵狗狗漢藥「補中益氣散」時，我簡直看怔了，狗狗也能體會主人苦心，舔盡藥漿後不忘搖尾跳腳，一副我還要的饞樣。如今狗體肥碩，爸爸幾度認真地考慮煮減脂茶充作狗狗飲用水。

有人問得門路，來我家拿給鴿子吃的漢藥。飼鴿者將漢藥同水煮滾，待涼混入鴿籠飲水容器，據說可顧養「鴿」體，尤其明目。

我相信也許哪天，群獸將登門拜訪，或祈漢藥一帖，或前來報恩。屆時，爸爸是否會變成中國古代數位被傳奇化的漢醫，如千年古猿向張仲景求醫、破麟蛟龍向孫思邈求助，神醫療癒後，猿贈張氏千年古桐，後人則於蛟龍穿洞的地點蓋廟供奉藥王孫氏。我想爸爸未曾貪圖群獸報恩，或許他只想與各色生命和諧共處，安之由之。或許他想學習古時的一種醫療體育「五禽戲」：古名醫華陀在「戶樞不蠹，流水不腐」的觀念下，仿效虎、鹿、熊、猿、鳥的動作姿態進行鍛鍊，用以活動筋骨、疏通血氣並強健體質。我爸或將練就他的「另類五禽戲」——以狗、兔、鼠、蚊、蟻的動態為本，揣悟出各式生命的自由展現，而更重要的是對各類生命的慈悲。

於是我頓時恍悟，即使爸爸是中醫師，他亦可以兼任另類劇場的總幹事，以及動物天堂的管理員。

關於大夫的劇場或已落幕，或繼續巡迴，皆讓他的女兒夢裡也微笑。大夫也許不知，這些生活瑣碎竟讓女兒的夢土肥沃，笑果纍碩。

藥罐子

「夾娃娃」流血事件簿

紅花

【本草綱目】番紅花出西番回回地面及
天方國，即彼地紅藍花也。
用於經閉癥瘕，產後瘀阻。

【藥罐綱目】形色似女人經血，
用於悼念早夭生命。

「爸，我想知道漢藥的墮胎帖方。」

我爸經我這麼一問，目光立即從電視新聞移至我身上。

先前的新聞。一名國中女生因懼父母打罵，鎖入臥房自行產子，割除臍帶時不慎感染，頓時陷入昏厥並大量失血，有生命危險。當時我爸連聲嘖嘖，現在的囝仔不知搞啥玩意真有夠亂來，要是我女兒這樣喔，不吊起來打才怪。我媽則溫婉表態，說到底都是自己生養的女兒，像我就比較開明，先聽她怎麼說卡要緊，同樣身為女人，我很明瞭這時她最需要親人關照啦。

我話語未落，我媽卻瞪大眼，方才的模範母親形象立即垮滅，幾乎掄起手邊的鍋碗瓢盆扔擲我臉。

我爸嚴肅的臉容慌憂畢露，空氣中浮盪著欲淚的氣氛。

真怪我問句未竟，便和水吞黃連膠囊。面對他們即將發作的眼淚鼻涕口水，我確實體會到「啞巴吃黃連，有『冤』說不出」的滋味，只得暫以搖頭擺手等肢體語言解釋，待膠囊過喉落腹後，急急喊出大人冤枉啊，仔細向他們說明事情原委，即時中止一場濫情的家庭倫理大悲劇。

話說我編報刊的學妹，擬策下期刊物以墮胎為主題，要我央我爸撰寫一篇〈中醫觀點的墮胎〉短文。當時我便揣度如何向爸啟齒，事前也多次排練適宜的開場白，不過乍見新聞播報女學生自行產子一事，便趁勢隨口搭問，孰料引起風浪。

半刻鐘，我爸便已完成短文。他的細瘦字體頗有書生墨氣，娟秀工整地寫在包藥紙上，實不辜負他的名字——詩文——二字。

中國傳統醫學以「王道」為主，以順應大自然為理念，而非破壞。因此自古以來並無墮胎完整及理想的處方。但有些藥物對胎兒確實有傷害，尤其是懷孕初期，如桃仁、紅花、義朮、赤芍、川七、麝香、歸尾、水蛭、茜草、蘇木等破血之藥材，雖然如此，中藥仍無完整的墮胎藥帖，但不肖之人將上述藥材湊數作為墮胎藥，這點非常危險且不道德，因此在用藥方面應小心謹慎，否則將對人體造成傷害。

至於流產（墮胎）後的調養，中醫的確有其長處，依個人體質不同，大致上可分為：氣虛、血虛、氣血兩虛。若是氣虛，可服用四君子湯、補中益氣湯，血虛者可用四物湯和歸脾湯，氣血虛者則以十全大補湯、八珍湯為調養之方。在調養滋補身體時，最好先找合格的中藥醫師進一步診察，確定其體質歸屬後對症下藥，方為理想。

我想起國小時代，每週六下午電視台播出的「中國民間故事」。其中最常出現的橋段，莫過於壞心婆婆與懦弱相公為謀，端給媳婦一碗藥湯，說是安胎，實則打

胎。當兼具善美特質的媳婦接過藥湯，鑼鼓聲鏘啦鏗噹敲得緊湊，預告即將到臨的悲劇。我和妹妹在電視機前跳腳，不要喝！他們要害你！可那乖順媳婦不疑有他，一湯瓢一湯瓢地笑飲，像拍康寶濃湯的廣告啜得頂有滋味。不過半分鐘，媳婦遂蹙眉捧心，狀欲嘔吐，雙手癱軟，湯碗應聲墜地，但仍維持氣質且捏起纖纖蘭花指，對準床頭輕飄飄倒臥。身為觀眾，我和我妹向來比演員入戲，我疊聲歎道這下完了，一旦麗娘知曉胎兒難保，定投湖自殺。妹妹亦感同身受，希哩呼嚕擤涕抹淚，囁嚅地，那碗恐怖藥湯定難喝至極，真痛煞了麗娘！（民間故事的女主角通常命名為某娘）我爸素來穩坐「殺風景」天字第一號的銜位，經他專業鑑定後，一派權威地緩緩道來：各位看倌勿慌且靜，那碗烏糟糟的藥湯，分明是沙士可樂或蘋果西打，你看麗娘飲盡，仍臉紅若桃，笑面春風咧……（後來我發現，我們家人皆具有領銜主演「中國民間故事」的潛力。）

我始終不知那碗墮胎藥湯的滋味如何。我想應極不可口，光聽聞藥材中雜有水蛭，我料定絕非美味。即使製藥員如飯店主廚，具有化腐朽為神奇的本事，對我而言，那潛伏於溪底的吸盤怪獸，和蟑螂蜘蛛老鼠同科同屬，其令人作嘔指數居高不下。

不過水蛭的確專攻破血消癥，用於血滯經閉，瘀血內阻等症，古醫文獻明載其具墮胎效力，故孕婦忌服。《枕草子》中提及的女性避孕藥，是山木藍類、一隻馬蝿及一隻水蛭加以混合，燒成稠糊狀，趁滾熱時吃下。我們亦可從羅莎琳・邁爾斯（Rosalind Miles）的《女人的世界史》裡，得知歷史上恐怖的女性避孕飲食用品，包括將大量鬱金香、冷水裡的猴腦及鏡子裡的水銀共同燉煮服用；吃死駱耳朵上的髒垢，喝鐵匠掏洗工具的水；或將蛋黃、動物糞便、駱駝口涎、胡桃葉、洋蔥、薄荷、乾燥根莖、海草、破布、鴉片等種種原料塞入陰道或子宮口。羅莎琳為此下了個結論：「說是避孕，簡直是殺人。」

女人的避孕災難史和墮胎苦難史同時也是宗教機制、父系價值、女權運動、道德命題及醫學倫理的浩瀚論爭史。單看避孕、墮胎藥的巫奇、魔秘傾向；單看女人的性與生殖的交叉辯證、反覆質詢；單看女性抵制父權、改寫法律條文的街頭運動，你覺得，女性的身體不斷地強遭歷史窺視、輪暴。

倘若你曾瀏覽各大專院校的ＢＢＳ版，進入「sex」討論區，應常見有人以「誰知道哪裡的『夾娃娃』便宜又安全？」為題。如果你覺得奇怪，關於那台投進十元硬幣後、透明包廂頂端的小型怪手隨即由你以活桿操縱、任你瞄準鍾愛的皮卡丘或霸王兔玩偶的大型夾娃娃機器，不僅是廉價消遣，同時過濾了電玩潛置的腥色暴力可能，哪來的安全顧慮？

新新人類版的「夾娃娃」，有你所不知道的無謂和殘酷。你得先投入大把千元鈔票，神情嚴肅的醫師便啟動、操控冰冷怪手，手術台上沒有多種選擇，醫師唯一的目標正是小媽媽腹中的無辜娃娃。其實醫師也是受害者，硬是被扯入「夾娃娃」的派對疑雲，尤其還肩負DJ主持人的重任，掌控全場進度。真正的幕後黑手小爸爸，若良心戶頭尚有餘額，便會待在手術房外替小媽媽念佛祈禱。如果小媽媽遇人不淑，可能在手術台上流血流淚的同時，小爸爸主演的失蹤記正進入高潮，更可惡的是又軋上另一檔「愛情動作片」。

在BBS版丟出問題的小爸爸，他那視生命如破舊皮卡丘玩偶的態度，惹毛不少「小醫師」、「小教宗」或「小女權主義代表」。小爸爸張貼告示不久，便招來群眾圍剿。特怪的是，小爸爸的天真腦袋除了性之外似無任何承載，還補問一句，「你們說手術對我女友不好，那誰知道墮胎的草藥秘方?」」想必這位小爸爸也深受民間故事荼毒，牢記麗娘還是秀娘吞藥湯倒地的畫面。也許他認定溫和漢藥的品質保證，所以有此一問。我這個「偽郎中」見狀，立即扛起老爸的「王道」招牌（即使中國千年的醫道招牌太過沉重），朝小爸爸的豆腐腦痛砸，更加心疼那可憐的小媽媽。

不過現今有許多勇敢、自主性高的小媽媽，不再是昔日被傳統宰制的麗娘秀娘，不再是八點檔連續劇裡、手術台上的流淚苦命女。我的朋友F，從驗孕試劑紙得知不幸「中鏢」後，請友伴陪同前往婦產科進行墮胎手術。友伴身兼擔保人，在填寫切結書之類的證明文件時手顫盜汗，倒是F異常平靜，走趟婦產科像逛超級市場，手術後還不忘繞至中藥行提八珍湯補身。

這種「麻煩事」，小爸爸往往最後一個知道。也許小媽媽擔心，小爸爸聞此噩耗，過敏體質便要發作，相繼出現茫然、慌亂、逃避等症狀，失魂地叨唸「怎麼辦」、「完蛋了」、「媽的夠倒楣」等譫語，甚至反要小媽媽安慰相勸。

「更重要的是，」F強調，「我總有自己的身體自主權吧！」

即使如此，坦白說，我好心疼。當F岔開雙腿，任由夾娃娃的金屬怪手深掘她的柔軟核囊，刮搔然後剝離；當痛楚從身體地心潮湧，幾乎吞沒一切女性意識、女體自主、情慾萬歲等長期以來的堅固建築時，F想些、想起或想要什麼？

我想起那個私購RU486的小媽媽，未經醫師指示便胡亂吞服，頓時被自己的血海包圍。我想起那個倒楣小媽媽遇上糊塗庸醫，一次手術竟未順利取出娃娃，只得再度接受雙倍的身心折磨。然後呢？我不知道，關於她們的苦難故事，你常從社會新聞版的一角瞥見，既無前情提要亦無明日預告，單薄，簡短，如同她們的早熟年紀及早夭生命。

記者如實報導，可你讀來，怎有禱誦女體訃聞的悲涼。

那位吝於給愛人情感支持、僅想迅速湮滅小媽媽腹內證據的小爸爸，是否尋到了願意給他破血草藥的商販？

中醫沒有「成人版」的「夾娃娃機器」，也缺乏「娃娃剋星」之類的速食包。如果小爸爸來我家求打胎帖，我爸可能會不動聲色地換成安胎方，外加免費的「王道」公民精神講話兼健康教育指導。屆時，小爸爸接獲的就不是無心跳無脈搏的皮卡丘娃娃，而是頭好壯壯的淘氣阿丹了。

藥罐子

一葉情

豨薟

【本草綱目】用於風濕痹痛，筋骨無力。

【藥罐綱目】用於母女共浴，細數傷痕。

藥罐子

記憶她的方式，如揉爛一葉豨薟，喧嘩而瑣碎。

溫涼夜半，你突然起身，以破冰船之姿，切裂犬吠車囂的漫漫暗夜，划向檀香穩妥的所在。掀開秘綠的絲質紗帳，女人頸背如緩丘輕伏，你躡手躡腳侵入她的右側，家貓般地偎在她身旁，檀香浸染的髮亂在枕上如沖積扇。你嗅取古樸的味，無邊際地想起靈堂或名剎。光在窗外時而奔竄，想是賦歸的夜車燈，忽橫渡暗房，投映至女人側臉。光影分明的黑白山水，歲月縱深於眼前曝白，毫無防備的你竟心頭撼動。

「還沒睡嗎？」

她的聲音低低響起，眼仍闔覆著。你以指尖梳散枕上沖積扇，發覺扇面燐火點點。曾經，你幫她吹髮，蓬鬆髮窩很快就熱了，她教你一手持梳篦一手持吹風機，像家庭美容院的洗頭小妹，以溫風攏整髮尾，順服岔亂髮根。之後你仔細挑揀細細銀絲。一根，三根，五根，怎麼那樣多呢，你有點怨有點嗲地皺眉，她驚嘆鏡裡的你與她年輕時竟同一模樣。生命真空的髮絲如釣魚線，看似脆弱實則韌勁，你好玩地將它旋繞筆軸，疏實互參的髮線纏不牢香水鉛筆上的天使紅顏。隨後你從筆上褪下梭形髮環。喔，你淘氣而戲謔地，媽咪的白毛線球，可供我縫織一只手套啊。你方從國語課堂上學會使用誇飾法，不過總以為所謂的誇飾僅是超現實的技巧炫示，浮著虛薄假象，而今晚當你心疼撫摩她的銀髮時，猛然領略過去建構的童話語境，竟是生活的真實造句。

她的髮曾如漆墨。那時，每晚你愛貼著她的臉頰，央她說故事。她原是不善說故事的，不像爹地，總竄改當日卡通「藍色小精靈」的內容，或稀釋或添料地拌混，臨睡前餵養你的故事胃納。她努力扮演那時代家中有初入小學的母親模範，成套購買兒童版的偉人傳記或文學經典，隨手翻閱並朗讀給你聽。她的故事版本經常脫頁，因此你所認知的羅丹與卡蜜兒、徐志摩與陸小曼情同手足，她將成人感情世界的激寂與龐瑣消音，織就了阻絕煙囂烽火的搖籃，像她厚密的髮，在你心智周圍構築護欄，檀香霧也鋪天蓋地閉鎖你的夢魘。

你邊聽邊捲繞她的髮，總在章回故事終結前，你睡著了，她的髮仍掐握於掌心。隔日你從酣夢返回，手心的髮不知何時逸失，但卻依稀辨聞坎落於掌紋間的檀香。

你曾和她共浴，那時你孱瘦尚判不出性別，而她通體透著女性豐白，淡藍經絡書寫女體瓷胎。你看她挽妥長髮，別枚簪固定髮髻，露出腴淨後頸。小心別燙著了，她柔聲叮嚀，同時以手刀輕切水面，你瞧見什麼草葉泛動浮游。

那是「沙威隆」和「巴斯客林」進軍浴室的年代。三姨家的浴缸內汪著一池黃水，電視廣告說全家洗巴斯客林你我健康快樂笑呵呵，你斜睨小便色澤的水域，腦際悄悄勾畫小奸小惡的使壞念頭，卻不時蹙眉掩鼻，彷彿來到海水浴場旁的敗棄更衣室，陽光雜搗、焙乾海鹽汗臭藻類的怪味。

可記憶中的光是濾淨雜質的薄晰，彷彿穿透時光厚度，從浴間高處的窗扇隙切探，水面的螢點生命清楚了輪廓。

是豨薟草麼？你從《本草綱目》感知它的形狀、色澤與溫度。原是高大的草本植物，在霧氣濛曖淨室內，繳械它闊綠脈脈的身世，素著乾褐悉索響的姿態。在你大字多不識的年紀，你懵懂辨認古籍裡忒怪的形音，她像學校老師仔細示範：ㄒㄧ ㄒㄧㄢ ㄘㄠˇ，鄰家大姊似的甜糯聲。你承認與同齡學子不同的識字經驗：從自家漢藥舖的高櫥內攀出《本草圖說》、《植物名實圖考》，詭奇圖文的早熟啟蒙哪，如後來你從《山海經》中窺得的神鬼曲張，草木鳥獸蟲魚生猛活現，她私塾式地教你辨讀，一字一字編派至你的想像世界中……

江東人呼豬為豨，其草似豬薟臭故名。《本草從新》記載豨薟葉不光彩的命名，但面盆內的豨薟浴湯卻令你為它抱屈，究竟是太荒謬的聯想，正如你明知豨薟及檀香的命運兩異，為何在你鼻腔中嫥亂成美麗的錯誤？檀香總在佛殿燃起，具有超越眾生瞋癡的清遠，恍若佛陀氣態後的香蹤，而那株漂臥在水面上的豨薟葉，是病苦眾生的趨邪符，人們將它入燙水以滌身，一瓢瓢洗褪不潔物事，驅走附身的病魔野魂。但你分明從她身上嗅出檀香，不過有別於佛堂的焚香，那揉混著素果清菊白蓮的味兒，並非她的體香。她在浴缸裡私釀秘密，而你是同謀。

她將燙水澆淋在你背上，你像熟透的蝦弓背躲閃，並掬水高至她的頸，裸背傾下一彎清淺。你畢竟還是孩子，豨薟屑搔得你吱吱咯咯笑，你當它沐浴玩伴，沾黏一身痘疹模樣逗她開心，而她，卻在豨薟香中雙眼微閉，參禪的身姿。你似乎有些記不清了：她何時卸下簪，如何梳髮淨髮，是若彈豎琴的側睇麼？又如何將長髮醃漬於豨薟水中，無怪那縷氣味久久不散？

魔幻寫實的個人記憶哪。你若跳房子般選擇記憶區塊，必然遺漏若干細節。不過你似曾抓牢生活瑣細，從奶奶、姑婆、伯母或誰那兒，無意間打撈起關於她的種種，包括她的豐潤前臂及薄唇淡眉，尤其那頭長髮，如撞不著出口的弄堂曲徑，纏扯多少流言。你也曾視一切為真，從轉角賣菸酒的秀滿姨、巷底包糯粽的瞎眼婆或隔壁阿楨他媽那，攜回零星的二手、多手閒話，氣壞了地在她面前扯破嗓門：他們說妳那樣這樣是真的嗎妳為什麼不回嘴……

她仔細擦拭你的唇，疼惜與慌張沉澱眼底，你從她眼瞳複印自己的影，跌破的唇角血猶存。傷口潰疼地，你眼淚鼻涕大把掉，她不知是惱了還是急了，眼眶泛著

紅。那晚，你莫名染上高熱，她煮滾薄荷水。不同於薄荷巧克力冰淇淋的甜膩，汁液稍嫌苦澀，你大碗吞下幾乎逼出眼淚，然後昏昏睏去。午夜醒來，你發現她躺臥身旁，手臂覆額熟睡，枕畔乾枯薄荷紮束，該有的薄荷清香，竟於檀香味中完全淪陷。

多久沒和她同枕而眠？你試圖喚回那些早已淡出的記憶。你拿起厚重相簿，夾頁掉出幾枚發黃的笑臉，於是你甜甜逼近她的面頰，怎麼趁我熟睡偷拍我，口水流滿下巴好醜哪。照片裡的你才五歲，即使睡深了，小指仍勾她的髮。她滿足地笑了吧。即使她部分臉容切在焦距之外，你僅能對那虛空唇線勾勒想像，你仍可確定她上揚的嘴角。當時她留短髮，髮尾捲在耳下三吋，依舊是年輕的俏皮。於是你對著那頭鬈髮發怔，似乎那時的檀香氣味正滲入現實，溫柔將你捲入耳後濃黑漩渦。

想來荒唐，在無法入眠的夜，你曾起身步入庭院，吸飽薄荷山茶夜來香的氣息，搜尋不到你以為的檀香，或開窗讓夜傾入，仔細偵察哪戶人家是否焚了類檀香的燭光，還是，神經質地開闔家中藥櫥，抓把狶薟貪婪奪味，不對不對，你知道很接近了但仍有些走調。

如同你錯按幾指黑鍵，整首曲調就由輕快跌至哀傷。你坐上亮黑絨高椅，雙腳騰空隨節拍晃呀晃，她原在身旁聽你彈奏，而奶奶的尖細嗓音喚她下樓。你延續方才的愉快心情，十指叮叮噹噹按譜拓路，忽有碗碟碰碎聲如裝飾音符，你甚覺有趣進而一曲接一曲，當樓下的細碎聲止息之際，你也痛快淋漓地結束當日的練習。

或是長長的午覺醒來，你眼仍顯迷濛，搖著頭皮漫不經心問她，方才是我作夢吧，好像聽見誰的怒吼或誰的哭聲，在夢即將潰散之際。

還是那個溽熱上午，她牽你的手，在市場擁擠通道內，瞥見正與小販大聲聊笑的花姨突然摀住嘴，像吞進青蛙腿或蜥蜴頭什麼的，臉色霎時青白，然後向前挽她臂膀，堆上笑臉，噯，好巧，來買菜啊，你家囝仔好乖還幫妳提菜籃，說著便蹲下擰你胖呼呼的頰，你卻從她淌汗的額下記住那雙淡漠的眼……

無聲吸納粗礪現實的黑洞。當你從高熱中醒轉，腋窩一片冰涼，睜眼所見是她眼瞳的你。現今想起，她似乎不曾哀愁、焦慮或沮喪，當你凝望她，看到的盡是她眼中的你，包括你的憤怒、不安與徬徨，以及種種正面負面的情緒投射。

但事實總非如此抒情，記憶中她也會詈斥，也曾掄起藤條竹枝什麼的往你屁股啪啦打，因此你決意逃家並狠狠叛逆，日記布娃娃衣褲零用錢塞滿背包，腦中漫想著搭火車一直一直南下，永遠別再回來。可當你鐵青臉一身出遠門的裝束踹開房門，卻見几上一盤水果切片或你愛喝的冬瓜茶，她背對你悄聲說趁冰涼吃了吧，多年來你猶記得方時杵在門口的內心交戰。

確實是場既決裂又纏綿的戰事。每逢她接到找你的電話，開場便是一連串狀似輕柔卻咄咄的問供，讓你在友人面前難堪。午夜她偶爾打電話至你宿舍盤查，你掛上話筒後照樣出門縱歌飆舞，將嘮叨鎖回安靜房舍，尤其你不時更換情人與手機號碼之際，她的關切更緊迫盯人。但監控有時轉成安全過濾，你央她打發難纏的男生或化妝品推銷員，當她笨拙為你編就謊言之際，你已計畫週末和死黨殺去墾丁曬黑或至瑞穗泛舟。

現實風強浪滔滔，她是你一輩子恆想駐足的避風港。

你甚至自信而浪漫地以為，女兒永遠有任性、撒嬌、耍賴的特權，只要回家桌上定有一桌熱菜，一旦被叨唸心煩了隨時可甩門離家。

直到你發現她的髮正以誇飾修辭蔓延纏繞你的青春，那自動無限延續、膨脹的青春期，疑惑逐漸滋長。你偶爾從她的失眠覺察隱約的更年刻度，但她毫無你以為的更年症狀，包括易怒、急躁、失落，或者寂寞。

依舊，尋常。那天返家，她擁你入懷，你卻默默掉淚，不是想家啦，你尷尬解釋並淡淡敘述，是你所經歷的人際衝突、感情挫敗及生活壓力所致。好想沖個熱水澡，洗褪體內黏滯的疲憊。她放滿整缸水，熟悉的仙草色澤。你閉氣滑入、滅頂，希望嚴實地埋葬於豨薟墳內，帶著青春殉難的壯烈。願氣泡滲浸體內，消滅日前的陰霾、殘缺、空虛。豨薟水覆沒胸頸如一匹往生被，你恍惚感覺死亡或新生的暈眩，是羊水震破、而你將從搖晃顛簸的子宮衝撞之際麼？然後你看見記憶：她在浴間燒燙豨薟，即使你身體抽長顯得扭捏不再與她共浴，你依稀從排水口撿拾豨薟葉梗，如你從空心菜熱炒盤中夾起她的長髮，髮葉相纏，彷彿孿生。

豨薟草以五月五日六月六日七月七日採者尤佳。去粗莖留枝葉花實。九拌蒸曬九次蜜丸。擇日摘取，耗時費工，豬薟臭方盡除。

她的香，是生命的大量消耗、製造後所儲剩的微薄收成。她的髮，則是一葉扁舟，你悠悠蕩出現實險灘。

而你下半夜如此好眠。

醒後你聽熟悉的碗碟碰撞聲，她收拾殘羹並張羅你的早午餐。電視重播幼時的「藍色小精靈」，背對你的父親晃腦睡了，手邊那杯何時置在案上的冬瓜茶，杯底晶懸淚花。黑夜悄聲吸附你知道或不知道的脆弱、陰影，像她輕易抹除桌面的醬油漬。

「睡得好嗎？」

逆光的她臉容模糊，可你總知道，她正瞇眼笑著。

複寫我姨

白豆蔻

【本草綱目】子作朵如葡萄，化濕消痞，開胃消食。

【藥罐綱目】子若姊妹群聚，化解紛爭，溫暖心窩。

我們步入電梯。

三面壁嵌著方鏡。小姨摁下圓圓電鈕，十一樓。三姨對鏡扯她灰白而硬的短髮。我媽翻撥垂在腰際的亮片皮包，旋出口紅，湊近方鏡補妝。鏡子誠實地告訴她，眼睛周圍的黑影和縐摺。

我站在她們中央。她們彼此沒有交談。從方才哄鬧的喜宴中告退，應酬式的臉容僵在電梯門關閉的瞬間。我們都看見了，金屬門模糊反映的四張臉。三姨的眼對著我媽的眼。然而我們也都理解，這樣的場合，須將眼光暫投至地上。三對裸白的足掌踏進三雙黑皮鞋。腳下的紅絨地毯仍舊煙黑斑斑。

我轉頭瞥見鏡裡她們的臉。兩對面的鏡像相互複製。鏡裡的那三個女人，她們灰白的髮、黑眼圈和頸後的紋線，在密閉空間內迅速繁殖。兩側鏡壁霎時延展隧道無數，三個女人的加乘身影凝在鏡與鏡之間。

在狹窄的立體文本內，我們被誰開玩笑地複寫又複寫。

如果允許我以小說體例表述，我會告訴你，此刻，我有三個媽，或說我有三個姨，還是說我有三的n次方個媽或姨。

不過在散文書寫的道德規範內，在現實生活中，我僅有一個媽和五個姨。

先說我媽。

當我催促她趕緊下樓時，她仍立在長鏡前脫換衣服，歪在腳邊的高跟鞋數來也有五、六雙。她總難以決定該穿哪套衣裝去喝喜酒。桃紅太俗豔、藍灰太老氣、青黃過寒酸。薄衫太輕浮、窄裙特寫下圍、長褲又顯陽剛。

聽媽絮叨著衣服不夠，我撥開堆疊床側的衣塚，匆匆揀幾件款型相類、色系層次略異的衣裙罩衫催她試試，她雖仍不住嘀咕，但總算定裝，並隨手扯來一只同色的手提包。

若恰逢她心情好，她會在抬腳穿鞋時低喃，有女兒真不錯哪。

我媽踩著細碎鞋聲下樓，央我爸配一瓶三天份感冒藥，鼻塞頭痛有痰，五姨兒子要吃的。且別忘包好羅漢果十來顆、四物湯七帖、減脂茶兩個月的份量等等，大姨和三姨交代的。腎結石的藥拿二三罐，四姨託媽帶去。

媽拎大包小包上車。這似乎已是她的任務，每逢回娘家或姊妹聚會，她的手提包便盛滿姊妹的叮嚀。

別、別忘、忘了我、我的藥啊。媽手握聽筒，大姨的聲音斷續傳出。

我想像，大姨緊握聽筒的手正微微顫著。

那年大姨中風，原先那個大嗓門、急性子、手腳俐落、體型寬便的女人，突然脫去這件皮囊，變成安靜遲慢的女人。記得當時媽曾握著大姨乾瘦的手，桌上一碗煎熱的補身藥湯，煙絲裊裊，惹得媽頻偏頭拭淚。

大姨低緩吐出幾串字句，不意斜眼掃向猶塞在碗櫥裡的幾包藥袋。那是哪一年、哪一月、哪一天央阿英帶的藥呢？大姨身後的日曆止在十一月十一日，她努力地往前溯，腦海裡試圖將收摺在衣櫃底的日曆紙悉數湊回，拼出好多年好多年以前的日子，那時正逢阿英的結婚喜日哩，簷下的那串紅綠鞭炮乒乓叫，不用說將來她做醫師娘定是吃好穿好，屆時我們姐妹吃藥也免錢哪。

也許大姨放下聽筒，便盤算著手處理這些藥包。有的是女兒初經後的藥材，有的是兒子吃長高的轉骨藥，有的是她臨更年期的滋養補品。大姨將這些藥包一一扔除，像點閱歷史凹凸，不慎便遭木石邊緣狠狠割傷。

就像有個夜晚，大姨躺在病院的床上喘息。她氣壞了，索性緊閉眼唇，拒絕姐妹慌焦的探問。當她知道，自己女兒因小姨勸說，決意離家闖蕩，即使母親身陷病榻，絲毫不動搖女兒的心。

大姨許曾反覆夢著小姨。當她醒來又不甚確定，也許夢裡的是自己疼愛的女兒。

女兒堅毅的唇線，說明了成年後的決定不再受他人安排與干擾。

多像小姨的表情哪。

當我們踏入喜宴會場時，櫃台收禮金的小姐還瞟了小姨一眼。她身穿成套的印度沙麗。粉芋紫絹上繡繪著古印度文明。小姨方從印度回來，一併攜回印度的熱和香。

接機那天，方上車坐定，媽和四姨你一句我一句勸小姨別再回印度，留在台灣總有人照應。她們話語未歇，我已從後照鏡看見小姨的臉。薄唇抿成一線，且不作聲，眼光停逗窗外。

小姨是窗外流動的景。你再如何費心，也無法留取往後飛奔的景。她的姐妹們的大半生業已定型。結婚，生子。步入中年後個個唸佛，打禪，吃齋。不同的人生算式卻得出相類結果。她們喜歡這樣的生活，滿足地蝸居在穩妥框設的窗景內。眼看小妹仍在他鄉泊駐，毫無打造「幸福美滿的生活」的企圖，生命帳戶裡只餘幾個零頭，相較於她們豐厚的資產和利潤，小妹的人生簡直提早被宣判破產。

可我想我懂小姨。此時她的眼投向窗外，無論置身台北、巴黎、東京、德里，映在她瞳中的景致如此迷人。頹靡或清修，浪蕩或孤守，她總懂得將生命浪費在美好的事物上。

即使那年被胃病磨銼得憔悴骨瘦，躺臥病床的她仍不忘每日更換潔淨衣裙。荷紫。霞紫。葡萄紫。香檳紫。她的疾病美學論述，由一種對生命瑣碎的極度敏感和潔癖所支撐。某次鬧腹疼的我向她討杯水，隨後她給我一只水晶紫的水杯。喝下那杯折射、細濾時光的水，剎時我覺得肚腹似乎乖靜多了。

小姨身上具有無法言詮的魅力，你很難不被她吸引或受她影響。

我媽、我姨必能感受到，小姨發散出的特殊磁波。儘管她們皺眉，眼底流露強烈關心；儘管她們努力說服，動之以情或索性脅迫；儘管她們費心將小姨拉回所謂「正常版」的人生，但當我們陷入緊接在連珠砲話語後的巨大沉默中，我發覺車廂內的三個女人如此相似。她們將人生設定成唯讀模式，卻亟欲重組姐妹的生命硬碟，自我影像則備份於姐妹的資料庫裡，定期刪除、更新她們的廢棄儲存，試圖挑出姐妹的不良習慣，隨手扔往資源回收筒。

媽偏頭看往小姨，四姨瞅著後照鏡裡媽盯住小姨的眼。小姨始終沉默，以眼神校對她記憶中的台北。

看著小姨的側臉，突然我也好想和她飛至印度，觀覽她眼底不斷流逝的景。

四姨也許看出我的迷糊和衝動，正當喜宴的第六道菜上桌、我倆前後進洗手間時，她盯住鏡裡的我，但又無謂地漫應著，妳愈大反而愈像妳小姨。

四姨的衣領上綴滿亮閃珠片。方才媽看到四姨時，隨口說這衣服好俗啊，妳都這把年紀了，還學二十幾歲小姐穿這款，也不怕見笑。可我立即想起前幾週百貨折扣時，媽一眼便看見胸口縫綴亮片的緊身衣，可惜她穿不合身只得放棄。

媽和四姨個性相像。她們常通電話，討論姐妹之間的種種，交換最近的生活心得。如果以小學女生的分類法則歸納，媽和四姨的關係稱的上是「陪對方一起上廁所」的親密同盟。

但四姨和五姨的面貌最為相近。當年五姨離家不知去向，我從四姨緊鎖的眉眼間，讀到五姨的表情。

至今仍記得五姨離家前幾天，曾來向媽借錢。

在我看來，姐妹彼此的金錢往來，總是一筆牽扯擾擾的帳。她們之間誰和誰曾私下約諾，不再借錢給誰，或不再向誰借錢。我常莫名其妙地被媽告誡著，妳姨打電話來說我不在，但隔幾天當我熟極而流地背出台詞，我媽去菜市場去朋友家去南部要過幾天才回來喔，媽隨即搶去話筒笑嚷著，沒有啦剛剛在忙，喂，我告訴妳一件不得了的事，但妳不要告訴大姐唷……

四姨翻出皮包裡的眉筆，將糊出線的眉影仔細地重新描畫。

我怔望著鏡中的女人。

這是四姨抑或五姨，是我媽還是三姨？

三姨將媽交給她的藥袋放入提包，隨後摸出紅包袋交給收禮金的小姐。她們方才在車上熱鬧地討論究竟要包多少錢。為了化解姐妹們的不同意見，每人在腦際中勾勒出親屬樹枝狀圖，釐清喜宴主角在其中的位置。經過一番連線與補綴，新郎的身分終於顯呈在關係圖的邊角，於是她們開悟般地喔一聲，由我媽統一規定大夥的禮金多寡。

我曾暗中觀察她們的溝通模式。這往往建立在沒有交集、沒有多數決，甚至沒有溝通契機的層面上。她們各自表述，她們堅持己見，她們會在對方的話語中挑毛病然後予以反擊。有趣的是，在詈罵、哭泣、沉默後，結論就這麼唐突冒現，令旁觀者摸不著頭緒。我想，在令人窒息的僵持中，也許她們又倒退至小女孩時期，趁對方抹淚、噘嘴的空檔，悄悄牽起對方的手，而對方看似記恨實則無謂地捏了一把她的掌肉。

此刻，我在沉默的電梯內，揣想她們也許在我身後悄悄地牽起手來。悄悄地撫摩對方粗糙的手，細數歲月過渡的水路、陸路。悄悄地滿握對方的手，傳遞溫暖。悄悄地將對方手心貼在兩頰，既是心疼又是憫惜地親吻著手心手背的紋路和刻痕。

也許我過分濫情。她們並沒有挽起對方的手，只是悄聲進行著長年來的交易。妳塞給我頭痛、調經藥，我塞給妳上週購得的新皮夾。妳分予我健身補品，我分予妳家鄉盛產的水果幾大箱。但她們仍以情感兌換物品。幾回物質往來，彼此的情誼和依賴也長了些許厚度，至於妳欠我、我欠妳的債目，索性不去計較了。

妳千萬不要學妳姨。

媽曾這麼告訴我。我們母女倆慣在裝裹藥包的當兒，走私誰誰誰的秘密。不過通常是她說，我負責傾聽且適當地提問。

妳姨啊，對兒子太寵囉，孩子要什麼給什麼，現在個個長大翅膀硬了，不愛老娘管啦，廝混在外，久久返家一次，好不容易回來便開口要錢，上次在Pub吃搖頭丸被逮，還是妳姨半夜去警局領回來的……

這時的藥劑室總顯得特別安靜。

妳姨啊，好高鶩遠，十年前看人投資炒股票賺大錢也開始動心，索性放棄原先穩定的工作，加入營業員行列，起初真給她吃了點甜頭積蓄暴漲，花錢如流水，但最後虧空套牢，賠上自己車子房子不說，當初到處拉攏的親朋好友不滿傾家蕩產，個個找她要帳，她呀，發現四處搬家仍不堪其擾，索性出國丟下爛攤，逼我們姐妹出面收拾……

下午三點半的冬日陽光。

妳姨啊，不是我愛唸她，水伯那件事根本是她不對，其實我們姐妹都心知肚明，偏偏她死不認錯，妳看看，現在妳外婆外公還得出面向人家道歉，他們都七老八十了，和水伯又是鄰居，經她這麼胡搞，兩老面子都不知往哪擺……

附近放學的高職女生嘰嘰喳喳經過。

妳姨啊，東西都捨不得扔，連大頭從小學到高中的制服運動服都還幾大箱保留著，她房間真夠亂，十年前流行的大墊肩套裝仍掛在衣櫥，阿寶唸高職穿的背心短裙什麼的，她偶爾還翻出來穿，真不怕別人笑哩……

對面陽台攤曬的錦花厚被。

妳姨啊，當初偏要嫁給那高個兒，說什麼不嫁她一輩子當尼姑，沒想人家賭性不改，輸了老厝田產後趕緊走路，妳姨只得日夜兼差還這筆天文債務，所以妳以後嫁人要長眼睛哪，不要輕易被眉清目秀的人給騙了……

簷角的風鈴輕輕唱了起來。

妳姨、妳姨、妳姨、妳姨啊……

鄰人豢養的鴿子向晚霞飛去。飛過大姨的庭院，飛過三姨的廚房門扇，飛過四姨晾著胸衣的鐵窗，飛過五姨植七里香的圍欄，飛過小姨印度禪堂外的刺眼藍天。她們是否正以相同版本、架構及表述方式，向子女或友朋的孩子們說著，你姨、你姨、你姨啊……

如果我姨願意以閱讀小說的心態來看我胡亂編就的文章，她們定在此刻縱聲大笑。

我哪有。她才這樣。妳寫的是她對不對。

當電梯門緩緩開啟，我會從鏡中看見她們拚命擠歪的笑臉。相似的眼角疊著相似的眼圈，眼紋，和眼淚。

我也會從鏡中看見六個女人，以及串積在她們身後的n個鏡像。若此刻你不告訴我關於鏡子的謊言及真相，我會相信，我有六個媽六個姨；或者我有六的n次方個媽和姨。她們之間的羨妒和模仿繼續滋長，叛離背後牢黏著認同，像小女孩遊戲時緊掐著對方的手，那種指尖陷入掌心的甜蜜疼痛，像電流直達心坎、刺激淚腺。

此刻，我彷彿瞅見n個女人牽起她們同被歲月蝕磨的手。鏡裡，你甚至無從辨別媽或姨的個別身分。

在狹窄的立體文本內，她們被誰開玩笑地複寫再複寫。

藥罐子

枸杞

【本草綱目】其子圓如櫻桃，
乾亦紅潤甘美。
滋腎，潤肺，補肝，明目。

【藥罐綱目】紅圓如蘋果，
素有健康快樂丸之稱。

「看他那個樣子，肯定從小是個藥罐子。」順著朋友的眼光看去，公車站牌旁的年輕男子，臉色灰黃，身材瘦小，眼睛茫然飄向空中。

「你知道嗎，我也是個藥罐子哪！」我笑笑。朋友不可置信看著我。一個臉頰蘋果色的女孩，竟然也是藥罐子？

家開中藥舖，店面的長桌後，透明圓藥罐呈階梯狀排列。下午三點，陽光悄悄踏入室內，隔著玻璃輕吻罐裡的各色藥材。我喜歡選這個時刻，雙手環握瓶身，感受微微的熱度。是陽光的餘溫，還是藥的體溫呢？罐裡的草藥，經過摘取、日曬的過程，住進透明小窩。我一直認為，即使他們被迫脫離植物母體，水分被抽盡，猶存有生命的樣態。看看當歸吧，不規則的切片裡，輕輕流過柔軟曲線，像水面漣漪。菊花壓成扁釦形，顏色偏焦黃，但沖泡熱水後，便漸漸舒展葉瓣，吸飽水的菊花呈奶油黃色，在透明壺中靜靜挪步，青春盛開。

他們有生命。也許在熱水中思考，也許在夜晚耳語，也許在離開藥罐、成為人們的補品時，依依不捨地嘆息。平常他們靜躺罐中，看起來真的像生命已脫水的死體。下午三點是他們醒轉的時間，有機的氣息充滿藥罐，湊近彷彿依稀能夠聽見集體想出門的歡呼聲。我常常輪流取出些許，鋪散在桌面白紙上，讓他們享受日光浴。尤其是少用的草藥，更要多透透氣，以免潮霉傷了體質。這群小傢伙很黏人的，即使乖乖回到小窩，仍固執在我指尖留下體味。

我喜歡在屋頂上曬藥。由於附近野貓多，因此曬藥時必須有人看顧。將新鮮植物鋪於報紙上攤散開來，讓陽光曬燙他們。雲移動時投下陰影，小傢伙在光影中一寸寸縮小，曬過幾天陽光，才變得乾瘦。我和他們躺在屋翼上。眼縫中的夕陽漸漸扁小，喵喵聲逐漸遠去，模糊的光影在眼皮上游移，扯亂的線條在腦中塗畫。噓！小聲點，可別吵醒他們了。

由於這份依戀，每當我凝視罐裡的草藥，都隱約感覺他們溫暖的眼光。

我也喜歡嗅、嚐中藥香。青春期痘子爬了滿臉，天天都要吃幾大包黃連粉。黃連味苦，吞時過快整團便塞在喉嚨，往往嗆出鼻涕眼淚。某天我發現一個寶。細長的藥草，像鉛筆削下的薄片，散發淡淡木香。從藥罐摸出兩三片，含入口中。介於甜與苦的味道滲入味蕾，起初含蓄地釋放，輕嚼幾分鐘後，甘味統治口腔，唇齒間漾滿濃重氣味。每當我吸含這片草藥，總想起姑婆的「秘密閣樓」。她家的三樓是窄而濕的儲藏室，隨處堆滿破瓦、廢水管、鏽蝕的鍋爐和褪色的布衫，石製的洗手台旁，連著短階。這裡總漫著死雞臭，日光燈忽明忽暗，水泥地上沾黏壁虎的殘屍，隔間還不時傳來姑媽用力擤鼻涕的哼哼聲。幼時玩捉迷藏，我偏愛躲匿在這，因為我發現這間噩夢裡，有個秘密的出口。踏上第五層短階，踮腳尖並伸直手臂，可以摸到一扇粗木門。打開木門，我進入另一場夢境。

整片的藍天，菜畦。竹帚。粉蝶。竹籬腳旁，整齊排列幾甕醬菜。甕口緊緊封住，嗅不出甜鹹味。但我總覺得有深深的氣味，既不甜也不苦，從鼻根往腦際擴散開來。

就是這種甘味，細細將黃連苦分解。每當我口含甘草，眼前立即湧現竹籬腳旁一罐罐的甕。

除了惱人的青春痘爬滿我整個少女時代，困擾我的還有經痛。十三歲那年，我開始喝四物。「四物」主要包含川芎、當歸、熟地、芍藥，不過通常加入枸杞和黃耆作為調味。濁黑的藥湯帶點苦澀，若配上幾兩枸杞黃耆，味道則產生變化。舌尖上的淡苦通過喉嚨，則泛出奶油麵包的香甜。我感覺，前四味藥像姑婦嫂婆，慎重與初經後的女孩作深切經驗談，而黃耆枸杞則是女孩的手帕交，在絮語的同時塞顆糖給她。我的許多女朋友痛恨四物，看到整碗的黑湯就反胃，可是我卻樂飲之如甜湯。

初經那年夏天的傍晚，我獨自坐在門檻，思緒像亂蟲飛旋。電視上女星拍的衛生棉廣告。漂亮的大姊姊在家政課，教導我們經期的衛生問題。超市裡整櫃的衛生棉包裝。放在口袋的棉片會不會被發現？經潮的感覺很奇異，彷彿有重力往下猛墜。退潮後，腹部抽空，四物則填補經血沖刷後虛弱的子宮。媽媽從身後遞碗四物，我接過小口小口啜。藥湯溫暖腹腔，流動成旋律，行經毛孔和穴位，將體腔殘餘的黏礪與浮躁情緒送出體外。閉上眼，我想起媽媽的手。

揀藥的手。調火候的手。覆在藥爐蓋上的手。指縫飄出四物香的手。

我不曾忘記媽媽遞四物湯給我時的笑容，也永遠記得從我手中接過四神湯的他。

他喜歡喝四神，甜鹹皆愛。「甜的像踩在露濕的草皮，或陽光烘焙的無人操場。鹹的則像閃電的雨夜，流浪漢棲身的公園長椅。」他眨動睫毛，輕咬筆桿說。

那年冬天，放學後的傍晚，我們在附近的小攤喝四神湯。天色灰濁，攤子的燈籠蒸出黃暈，大紅正楷寫成的「四神湯」，像臉色通紅的壯漢。老闆娘是個壯婦，硬髻紮在腦後，熱氣在她雙頰凝兩團紅霧。下課了啊，今天老師比較晚放人喔。看到我們，她笑開，溢出眼角刻紋。隨即端出兩碗四神，熱氣霧滿他的眼鏡。用湯匙舀湯面，滑入喉嚨。他的表情瞬間舒緩，高挺的鼻翼線條趨於柔和。我彷彿聽見他心裡喊，就是這個味道。第一口是滿匙的薏仁，再一匙湯。然後是蓮子和淮山，一匙湯。細嚼芡實時，他總專注緊盯一點，或許正傾聽芡實碾成稠醬的細語吧！聽他齒縫研磨蓮子，想像碎蓮在他耳腔奏鳴的小調。他的側臉收入眼角，心裡亮起暖燈。

我一向討厭吃四神湯裡的白果，白滾的果身宛如一截切下的指頭。印象中，白果苦澀，連湯吞下有股清潔藥劑的泡沫味。白果有治女性不正常分泌的療效，一次媽媽強要我吞下，當晚卻連著食物糊吐出，整顆白果像死魚眼珠，直瞪視我。從此我不吃白果，總將全部挑到盤緣，沿盤環列成珍珠串子。那晚，他看了一眼，一言不發舀回自己碗中。吸飽湯汁的白果在他齒間鬆裂，像成熟果實迸出的芬芳音響。告訴他我患「白果恐懼症」的來龍去脈，他夾住一顆，就著燈光，雙眼瞇成一線。妳看，這是改良後的白果，瓜子臉狀，肉身橙黃，幾乎沒有味道……妳以前吃的白果白胖，很苦。兩種是不一樣的，妳吃吃看。顫顫拈一顆送入口中，淡淡的清味彈落舌尖。巷底那個女人的半張臉突然閃進腦中。她的臉摩擦絹白衣領，偏過頭看我。似笑非笑，溼髮黏在眉間，黑眼圈下半圈霉黃印，凸顯無血色的臉。薰衣草的清香長年守護著她，盤在頸項、袖口縐褶和淺淺酒渦中，即使身軀被丈夫的拳頭搗爛後。

浸在藥湯中的白果，飄散薰衣清味。她的瓜子臉，疊印在我和白果的視線間。

之後，我常燜煮一鍋四神湯端到他宿舍。我愛吃甜四神，享受各色藥材與糖的協奏曲。蓮子、淮山、芡實、薏仁、白果在燜燒鍋中毛孔膨脹，釋放體味。他們互相擁抱，藉著傳遞口沫表達想念之情。平日各處在自己的轄區，唯有入鍋後才能膚觸、唇吻。蒸氣像他們的溼汗，鍋蓋拍出的答答聲，則像交歡時喊出的呻吟。燜煮四神的時間，我捧書消磨，但他柔緩的五官線條似乎幻成蠱，在眼睛和文字間形成一團濃霧。想像旋出濃霧，擴大，擴大。想像我們踏在露溼草皮上，牽手漫步在陽光烘焙的操場。

冷風在窗外流浪，灰雲拖曳一道淚痕。宿舍裡，爵士女樂手慵懶的嗓音，巧克力色的四神湯，臉紅的我。這是我們第一個情人節。

分手後的每年冬季，仍習慣煮大鍋四神湯，吃不完便留在冰箱。冰過的四神湯面懸浮骨髓般黏條，若海葬。鹹四神燙破舌頭，蓮子、薏仁等物，經過鹽的調味，像改變體質般散發不同氣味。緊閉雙眼的暗壁上，我試圖畫出閃電的雨夜，以及流浪漢棲身的公園長椅，但畫面總在雜訊干擾後切斷。一口薏仁，一匙湯。一匙蓮子和淮山，一口湯。我嚐到眼淚的鹹味。

鹹味。鹹的赤褐色藥粉融在唇齒間，擱淺在喉頭，踏出甘甜印記。嚴重咳嗽時，爸爸常多給病人一小瓶藥粉。這瓶藥的主要成分是救肺行氣散，治咳兼暈車。我容易暈車，一旦坐遠程車和繞行山路，胃裡總釀出餿味，刺激嘔吐的慾望，因此上車前一定得口含三、五小瓢。一般食用藥粉的方法，是先口含開水，再倒入藥粉，否則容易嗆到，但這藥粉不須先喝水，直接口服，讓唾液分解。藥粉本身甘苦略鹹，唾液溶解後卻釋放薄荷涼，尤其經過數種藥粉調配，甜涼氣味若春季傍晚的微風。藥粉在喉頭融縮，一寸寸滲入整個口腔。數秒後，感覺下顎的甜涼漸漸擴散，像汽水冒氣泡般，至面頰、太陽穴，直達腦部。闔眼休息一段時間，不再感暈眩，眼前的風景也回到正常軌道。

因此平日咳嗽口含此藥，總恍惚以為車窗外的風景流過。它是暈眩主題的一部分，當腦門搖晃、一波波酸餿沖激胃壁時，薄荷甜涼便隨唾液湧現，太陽穴像開孔般射入新鮮氣流，將頭殼內搗蛋的壞蟲驅逐。整個生理晃動的過程，在藥粉跡影全數融入喉頭後，畫下句點。

轉學的他家裡開西藥行，座位抽屜總塞滿各種藥片。那只抽屜簡直是小型藥舖，頭痛、胃痛、牙痛、外傷藥等一應俱全，不過一律是西藥。只要同學哪裡不舒服，都找他拿藥，因此他有「蒙古大夫」的戲稱。我討厭這種自以為是醫生態度，加上他給人的全是西藥，更讓我反感。總覺得整齊切割成圓形、四角形和六角形；背面還刻上英文字母的藥片，很沒有真實感。藥片幾乎沒有味道，就著開水立即吞下，失去中藥那種藥粉、唾液、開水、舌尖交互親愛的感情。而他生著雀斑的臉，更給我「藥片亂葬崗」的厭惡。

畢業旅行的回程，遊覽車繞道走山路，曲折加上路面顛簸，我的暈車毛病又犯了。發現忘了帶暈車藥粉，只好胡亂塞幾顆梅子，希望酸鹹味趕走腦袋狂歡派對的魔頭。不料梅味更讓我反胃，我歪頭靠窗，一副痛苦模樣。突然，聽見有人叫喚。微睜眼，整張雀斑臉向我靠近。怎麼樣，妳還好吧！蒙古大夫皺鼻。我給妳暈車藥。他在腰包翻尋。不了，我不吃西藥！我打算別過臉去不理他。不不……這是中藥，妳放在口裡含，可能會比較好。睜眼，我看見我忘了帶的藥粉瓶。

浴在陽光下的赤褐粉末，接近透明。

雖然家裡開西藥房，但他對中藥也很感興趣。那瓶藥是姑姑在中藥店買的，聽說可治暈車就隨手拿來，沒想到那家藥舖竟是我家。他露出羨慕神情，侃侃說出曾經用過的幾副湯藥，某些甚至我沒聽過。他的聲音在耳邊編織，腦袋的不適也漸漸消失。不過，我仍覺得暈眩，臉頰泛紅。

陽光描清他側臉的雀斑。「妳知道救肺行氣散的俗名又叫做什麼嗎？」他看我，遲疑一下。「玫瑰草，」他說：「玫瑰是情人的象徵，我覺得玫瑰草就像喉嚨的情人，放出淡淡的……甜蜜。」

淡淡甜蜜。多年後，我在另一碗藥湯裡嚐到。

那陣子忙於課業、社團和處理複雜感情問題，作息不正常，加上壓力與焦慮，常搞得偏頭痛、胃痛和精神不濟。身心折磨下，瘦一大圈。鮮少生病的我不以為意，想也許躺一躺就沒事了。某天回家，頭疼劇烈，爸爸為我把脈後，進行頭皮針灸。頭插細針，像裝上雷達的外星人。駐紮在頭皮的雷達，是否會將一切敗壞的生活、情緒發射出去？

躺在診療室，透過窗口看調劑室正切參的爸爸。烤箱傳來西洋參的味道，滲透疲倦的夢。恍惚看見穿中學制服的我。聯考。失眠。易怒。媽媽緊張向老師求救的臉孔。跳接畫面閃動眼前，停格至站在頂樓的我。風吹乾眼淚，我站在護欄往下望。突然，有種香氣游開。是大雨沖刷過的森林氣味。回頭尋找，向濃霧處探進。是爸爸。他左手拿參，右手持桌刀慢慢畫下。老鏞的烤箱漫著起司香。他微笑，不發一言，但卻可強烈感受他的低喃。

春風和氣滿常山
芍藥升麻及牡丹
遠志尋訪四君子
當歸何必問澤蘭
……

秋菊開時滿地黃
一番風送小茴香

歌謠般的詩句流入我耳內，灌溉心田。這是我第一首會背的詩啊！紮著兩條麻辮，暱在爸爸身旁，要他教誦診療室牆上掛的這幅楷體長詩。這裡面藏了很多藥藥唷！他將藥名一一數出來，我覺得好玩，不知不覺中文字便深印腦海。當時根本不懂詩句涵義，但押韻的音樂性帶給我快樂，我套上卡通配樂，輕輕唱起。之後當我仰頭望這幅詩時，耳邊傳來爸爸切參的聲音。沙沙，沙——沙，沙沙沙。彷彿隨著節奏替我打拍子。

爸爸喚醒我。這時才發現診療室的長詩早已消失，夢中殘落的詩句找不到歸鄉之處。他端出一碗參湯。天麻、遠志、人參、伏苓、枸杞、紅棗和幾片豬肉，這帖藥治補腦強精神。在家煎補藥給我吃的多半是媽媽，印象中爸爸鮮少為我煮藥。喝下參湯，心胃暖和，那首草藥歌的最末兩句浮現腦海：

睡到五更陽起石
開門只見白頭翁

爸爸的白髮，在陽光刺入調劑室時特別明顯，即使如此，他專注切參的身影，如同烤箱烘出的香味，長久刻在心上，盈滿體腔。

體腔，是記憶的藥罐。中藥在體內溫和發酵，沿著血管經脈，進行長期的吸收、分解與排泄，它們以自身的溫度，軟化頑強病毒，時時修復受損的有機單元。有時，草藥也輸出心腦廢棄物，將甘甜溫涼記憶妥善收藏，直到用一壺熱水或一束陽光將它們喚醒。藥罐看似封閉空間，裡頭存物彷佛死屍，但事實上那是個流動的生態，那裡連接我的成長，通往姑婆的閣樓、情人的宿舍與久違的夢境，那裡不時響起音樂，飄出花香，將鮮活記憶裱褙。

「妳真的是藥罐子?」朋友的眼光從驚訝轉成同情。

「是啊。我一向是個藥罐，」我說：「幸福的藥罐子。」

藥罐子

溯返玫瑰路徑

菊

【本草綱目】散風清熱，平肝明目。

【藥罐綱目】體內的小型風扇，
可驅逐火氣。

夏天夜晚，即使開窗，室內仍感悶熱。電風扇吹著綠色蚊帳一角，柔軟的凹陷。平靜的夜，理應擁涼被而眠，或徜徉於夢的平原，但我卻突然醒了，夢戛然終止，如歡慶嘉年華會中，那個粗心傢伙，不慎絆跌音響的電線頭，音樂暫停，扭擺腰肢的人群，困惑地張大眼——

側身，發覺嘴唇上方溫涼，下意識伸手抹去，昏黃燈下，辨識那滑稠液體。鮮紅色澤，如涓流蜿蜒，掠過鼻腔、嘴唇、下顎，帶著微微熱度。看著鏡中自己的臉。蒼白，黑眼圈，血沿人中淌落，小型紅色瀑布，像超現實的畫作。此時，我才完全從夢膜破出，正視眼前的狼狽模樣。忙抽數張面紙，迅速撕捲成細筒，急急塞入鼻孔，張口呼吸。血沿棉紙柱而下，以神經網絡的行走路徑，浸染面紙。血狂歡流淌，約三分鐘便須更換一次。

從浴室踱回臥房，在穿廊上發現兩、三點血跡。枕回床鋪，涼席左上角躺著小攤血漬。夜半，被鼻血事件折騰得無法再安眠，況且，此刻最好避免立即躺臥，以防污血倒流。我索性扭亮燈，選張ＣＤ，讓Billy Holiday的溫柔嗓音，淹過闃靜斗室。她輕聲迷醉地唱著，我則以濕布抹去木質地板的血塊，以鬃毛刷清洗涼席血痕。像童話中的仙度瑞拉，當家人搭乘夜的南瓜車，駛向夢之殿堂，我卻被留在肢體疲倦、意識清醒的家屋，刷洗意外訪客踏留的鞋印。

涕達涕達。血沿著時光虛線，硬闖入我的夢，以某種色溫，讓我感知她的到來。

直到升上中學前，我扮演著「紅鼻鬧鐘」的角色。「紅鼻」是妹起的綽號，意指我「定時」流鼻血的怪病。大約五、六月之交，酷暑降臨前，幾乎每夜，我會突然流鼻血。宛若體內的梅雨季或雷陣雨，血時而綿長，時而短暫。印象中，鮮少有慌亂或不知所措的景象：睡衣前襟血點斑斑，污血嵌入指甲，哭喪著臉、瞪大眼睛的女孩，歪歪斜斜，跌撞至父母床邊，眼淚鼻涕鼻血直下，「我、我、我流鼻血啦！」我訓練有素，在鼻血初初通過孔竅當兒，立即從床上彈起，抽取枕畔的大包面紙，紙段捲進鼻腔，靜待血液躁動通過。此時，頭、頸發燙，便拿毛巾冷敷，緩和上揚的體溫。數分鐘後，鼻血暫停，擤出鼻根深處血膿，血大量湧出，藉此清除積澱血塊。排出髒血，以沾裹「面速力達母」的棉花棒，探入鼻內輕輕刮搔，然後，倒頭呼呼大睡。隔日，沖幾許洋參片，咕嚕咕嚕，為昨夜血腥進駐的體腔消毒。

雖然並非值得驕傲之事，但小學生的我曾為自己冷靜、儘速處理鼻血的過程感到自滿，甚至初中入學填學生資料卡時，我還猶豫是否可將這項「事蹟」列入「專長」一欄。

記得小三的某課堂上，那個女生突然舉手，打斷老師講課，聲調顫抖地，「報告老師，他流鼻血了！」頓時，全班目光聚焦於女同學身上，隨她手指方向，轉移至低頭掩鼻的傢伙。啊！呀！班上一陣騷動，驚呼與耳語間，壓不住看熱鬧的氣氛。那時，我們班導是新聘的年輕女老師。她的名字已被歲月磨損，容顏亦模糊。多年來，記憶篡奪真實，一想起她，「秋香」便自然脫口。印象中，她常著秋香色長裙，像蝶穿梭教室。一身潔淨，長髮紮束，聲音細軟，笑起來仍保衿持。自從她當導師，每週的整潔比賽，我們班總獲全年級第一。我對她產生莫名好感。此刻，她舞著秋香翅膀，翩翩飛至流鼻血的同學身旁，手停在他肩上，附耳，輕聲安撫。

陽光傾斜，變形的窗玻璃影，複印裙上。

記憶摺角的地方。

無由來的失望，輕視，憎惡。孩子氣的霸道，總在內心擅自歸屬，你是這一國，他是那一國，毫無規則，可能依據作業可否互抄、可交換便當菜色或鍾情於同個卡通等模式，區分小團體。出自對大姐姐氣質的嚮往，我私下將秋香老師畫入屬地。在某個模糊時間點上，我和她徹底決裂，儘管她不知我稚氣的決定，但我內心堅決咬定這個事實，頑固將秋香色蝶翼，從瞳孔上翦除。

當我長大，不再以童稚的方式，任性將朋友分成敵國友邦時，回想過往，許多事變得不真切，如秋香老師裙襬上的光格子，漣漪搖曳。我驚異，小三的我竟懂得辨識秋香色，不至於誤為米黃、土褐，而是濃度精準、並調以女人後頸特殊氣味的，秋香色。或許，成長途中幾次翻修記憶，尤其經歷雜食文學作品、愛發愁的年紀，易將明亮生命黯淡化。或許，秋香這個名字，及其蘊含的特殊氣味、溫度，是我文火調製出來的。

當初背棄秋香老師的原因，可能經多次雕鑿形成，產生多種版本。今夜，當血通過鼻腔，眼前閃現新的版本。畫面中，她穿過同學人牆，裙拂搔桌腳，走向鼻血汩汩湧出的可憐蟲，聲音輕得拖不住感情重量，「出去，別弄髒教室——」

光折射下的秋香裙，幻成炫目金屬色。教室的窗，桌面，地板，和講台上的整潔優良獎牌，反光發亮。在傾斜光柱裡，只見粉塵飛揚。此刻，埋首批改作業的秋香老師，抬頭，光鍍染臉龐，無垢的笑容。

記得，曾有數個燥熱暑日，我隨身攜一瓶「屋後茶」。

幾錢桑葉、菊花、連翹、杏仁、甘草和桔梗混煮，得一大鍋清藥湯，像體內裝置的小型風扇，驅逐火氣。午餐後，媽開始這項例行工作，揀藥，水煮，置涼，待

全家午覺醒來，立即可飲。此藥引的原名早忘了，或許是久以「屋後茶」稱呼之故。

外婆的老厝後幾百步，佇立一片竹林。午飯後，我喜歡躺在廂房內的榻榻米上，背靠藤枕，眺望窗外綠景。這嵌在白牆上的畫幅，頗有莫內顏彩的濃度，許是毛玻璃的朦朧效果使然。中南部的盛夏午后，熱氣從地心冒出，儘管在室內，電扇轟隆隆鬧，額面仍貼布汗珠，但待在這間裝飾莫內綠竹繪作的房間，卻感涼爽。

凝視綠意擁擠的畫布，不知不覺便墜入肥沃的睡眠田。多久，一線香氣喚醒我。難以言詮的味道，誘人程度遠超過方出爐的奶酥起司。曾經，我隨香氣溯源，踏入屋後綠竹，依香氣濃淡判別方位，但氣味總在目標物現形前淡出，不留一絲線索。不像仙度瑞拉，至少，於鑽光點綴的旋轉樓梯角，遺隻玻璃鞋，造就一則童話。

或是，此時此地，為天使的例行散步，我總錯過，待匆忙奔至，僅在竹林間破碎的光影銀河，攫獲他們離去時遺留的，金色軌跡。

午後的香氣盛宴，正如出現時的神秘，又無聲息消失。之後，我在清藥湯內，反覆溫習天使芳蹤，召喚著因道路拓寬、農舍擴建而被埋葬的整片竹林。

屋後茶。我起的名，充滿香氣的符號。

詭密的是，儘管每年夏天，我牛飲數碗屋後茶，體內的涼扇不斷運轉，而鼻血，終究衝破失修的堤防，不時氾濫，氾濫。

我大學時代住校。大四那年，我們從老舊女舍遷入十幾層樓的新校舍。那年六月，校舍完工但尚未開放，我們潛入這幢嶄新大樓，帶著橘子汽水和牛角麵包。新鮮的油漆氣味，磨砂玻璃細濾微光，粉白磚壁透著絲絲陰涼。空氣中懸浮著陌生、好聞的味道。我們拾級而上，樓梯扶手仍罩著塵撲撲的膠套。在微光中辨識房號。旋開六〇四門號的把手，迎接我們的是整扇的陽光。

鬆白的窗櫺，大小抽屜兼具的書桌，冰涼的穗色地磚。我們興奮地驚呼，手舞足蹈，忘了方才鬧飢荒的胃囊。抹去胡殼色木床上的薄灰，我貼近床面細佈的木輪圖樣。這是童話公主才被允許擁有的床吧。我們幻想，將來要購置湖綠的、蝦白的、孔雀藍的或光影流轉的琉璃床組，搭配公主的體質和夢境。

風輕掀窗紗，陽光亦將長駐於此。我們在房內虛擬風和陽光、鳥鳴和雨聲的路徑。四人比手劃腳，這兒放貝殼燈盞，那放咖啡壺座，這放拼花坐墊，那兒放梵谷油彩。音樂和薄荷茶香，將手牽手，漫遊窗與窗、門與門之間。

爬上高床。透過氣窗望去，是陽台，廣場，高高低低的建築。更遠，是渺渺的山景，煙浪的沙漠，一列退潮的沙灘，還是遙遠的海洋。

然而，當我睜眼，盡是披垂待風乾的衣衫，床角的架上，女體猶存的胸衣泌出水珠。紙簍擠滿菸屁股、空了的便當盒和罐裝咖啡。書報疊得高高低低，面盆內，醒膚水和襪子共存。四個徹夜狂歡的公主，於不同時刻返回城堡，背負醉意、疲憊或搖晃滿腦的網際語言，墜入湖綠、蝦白、孔雀藍和琉璃影的雲霧中。它們戒慎地護衛公主，像緊纏城堡石壁的藤蔓，遮蔽陽光和隱隱鐘聲，以致她們錯過外在進行的時序。

傍晚醒來，有睡了一世紀的錯覺。其他三位公主，鼻息沉穩，打算繼續長眠，彷彿等待穿越中古世紀和黑森林的王子之吻。她們被魔法凍結雲霧中，枕邊的布偶和詩集從高床墜落，摔入臉盆，與醒膚水、襪子作伴。

原來，這不是城堡，公主有落難的感覺。夏日，涼風不願拜訪，室內宛若大型烤爐。冬夜，儘管閉緊所有門窗，寒風仍能覓得通道，呼颯颯冰封我們的想像。四人終日輪流患不同的病症，在感冒、暈眩中旅遊。某夜，鼻血沿時光隧道，來到我蝦白的宮殿。

熱氣竄湧的夜，血如溫度計爆裂的水銀，浸潤床單。許久不曾於清晨五點清醒，原來此時鳥鳴悅耳，風亦溫涼，城市角落的小店，漿餅味活絡，我腦中卻猶存隔夜編就的小說餿料。褪去床單，壓入盛滿肥皂水的面盆，在《說文解字》的夾頁內，尋到刷布。

鼻血沾染床單是件尷尬的事，尤其它以潑墨之姿，不偏不倚甩在白床單正中，此處染血，易予人曖昧的聯想。曾有幾次，室友撞見我刷被單，對方問句未成形前，我忙解釋，這是鼻血，不是那個。雖雙方都是女生，但這種行為仍被過度詮釋，像是笨拙、粗心的同義詞。

突然，聽聞腳步聲，連帶窸窸窣窣的綿紗聲。此時內心湧起做賊的感覺，下意識隱起「贓物」，但誰已踏入浴間，濕答答的證物不及藏躲。她——喜歡戴口罩睡覺的公主——擺出一副被猴子咬的表情。四目相對，隨後眼光下移至彼此手揣的蓬蓬軟物，綿褶點點斑紅。誰先笑了，笑聲含容默契與諒解，肩並肩刷洗床單。狹窄浴間內，蝦白和孔雀藍的雲霧披散地磚，草莓色澤血水，沿磚縫蜿蜒。雖為室友，但鎮日行蹤殊異，難得見面閒聊，大夥唯一的齊聚，卻是清晨睡眠時段。但今晨，我倆縱懷暢談，無須透過終端機的連線，亦非螢幕閃著冷光的字元，而是具實感表情的真誠流動。從衣櫃內搜尋咖啡壺，紙箱底摸出貝殼燈盞，就著六月的晨，沖煮無糖無奶精的醇感情。

自何時起，我們慣為周遭事物設碼。公主的字典內，毫無暴戾、尖銳的語彙。

我們視衛生棉為「草莓麵包」、「紅豆棒」，後又創發「蕃茄沙拉」、「櫻桃果醬」等新鮮稱呼，另以「大姨媽探訪」形容月事。血的隱喻，竟充滿食物的香氣和溫熱，以及鬈髮、體態豐盈、著無袖貼身軟袍外搭針織衫、呵呵笑並摟你貼近她大奶子的姨媽之舒柔意象。血，無論於體內漫遊或自體外逶迤；無論是供給養分或清掃廢料，皆具層次、肌理，是生命姿態的展演，何須動員所有難堪的形容詞，彷彿她與身體告別後，即將趕赴地獄般……

於是，我們的辭典，又添了新的喻衣。

【玫瑰戰爭】 ㄇㄟˊ ㄍㄨㄟ ㄓㄢˋ ㄓㄥ 家人或室友熟睡時，悄將染血床被，刷洗一番。玫瑰，指血澤若玫瑰。戰爭，為「勞碌」之誇示用語。

【石榴早餐】 ㄕˊ ㄌㄧㄡˊ ㄗㄠˇ ㄘㄢ 晨起，刷洗染血被單後，兩女性的親密對話。石榴，落葉灌木之果實，汁液若血，味甜，在此引伸為美好之意。

天灰濛濛亮起，Billy Holiday已反覆唱了四回。我陷在甜蜜的回憶裡。

鼻腔內，休耕許久的土壤，似因血水的過度脈動，微微脹痛。血的漫流，串起回憶夾縫的名字。儘管，醫學稱鼻孔出血為「鼻衄」：「發生於鼻腔任何部位，尤以鼻中隔前下方為最，因此區黏膜含有豐富而又表淺的血管網，通稱黎氏區」；或辭典所言：【衄】ㄋㄩˋ 又讀ㄋㄡˋ，鼻孔出血之謂。總總，總總，我情願相信，血沿著公主的玫瑰路徑，或發光的天使步道，喚醒隱形於鼻尖的鬧鐘裝置。叮叮咚咚——紅鼻鬧鐘響起，溫柔地催促我，為她接風。

仙度瑞拉，洗盡點點玫瑰花瓣的被單，刷除廊上傾倒的蕃茄沙拉，隨著爵士旋律，舞進廚房。不再受壞心後母、姐姐的欺凌，管他王子貼公告，焦心尋找玻璃鞋的主人，她步下童話舞台，決心開始美好的一天。她為自己，料理美味早餐。

就從「屋後茶」開始吧！

藥罐子

秘密初潮

當歸

【本草綱目】補血活血，調經止痛。

【藥罐綱目】滋補少女易夢體質。

彎進巷道，沿碎石子路走，右側是長溝渠，水細細淺淺，草蕨從溝壁縫中竄生，點綴著紫紅酢漿草。左邊是住家，屋簷下的磚壁突出一截排油煙管，靠近地面則嵌幾支塑膠管，分別湧出煙絲和污水。大概是廚房或廁所吧，清新的泥土味中，羼混著飯菜香與屎尿騷。路愈走愈狹，最終與土坡相連。

他們陸續爬上高及胸的陡坡，大聲喝著她名字。她一身粉黃衣裙，蕾絲滾邊的蓬蓬裙，易被坡翼散置的鏽鐵條鉤破，因此小心翼翼，喊著表哥來扶。表哥在一夥男生面前，絕不同她手牽手，他插著手臂，輕誮看一眼：膽小鬼！表妹也已躍上陡坡，隨同男生歪歪斜斜步至坡頂，翻越欄杆，忽地瞬間消失。

總在此刻，她被孤立，被留在欄杆外，被拒絕於他們一連串的冒險遊戲之外。到處張望，沾裹泥巴的手心擦髒臉蛋、裙襬，仍不甘心，試圖爬上陡坡，不慎擦破膝蓋，只得放棄，坐在溝邊摘花玩，不時回望欄杆，歷險的入口。兩三隻蝶在欄邊飛旋。那兒有什麼？有兒童樂園的摩天輪、旋轉木馬、八爪章魚和旋轉咖啡杯，或許還有五塊錢一盒的小美冰淇淋吧。賣冰的姐姐身穿紅白相間衣裙，微笑，轉身，從冰櫃拿出冰淇淋盒。煙霧從冰櫃緩緩游開，彷彿故事書上繪的天堂景象。

恍惚中聽見遠處單車聲，叮鈴叮鈴，表哥拍醒她。揉揉雙眼，不知睡了多久，天色轉暗，那群笑她愛哭包的男生走了，表哥又牽起她的小手，回家。

媽瞧見她髒兮兮模樣，面頰留一枚蟲咬痕，叨唸表哥一頓，隨即脫去她斑污的衣裙。幼時的女孩，似乎都得穿這種連身、裙襬短而蓬鬆、露出部分白色內褲的衣裙，搭配與上衣同色系的絆釦軟鞋，辮子紮同色絲帶，活像只洋娃娃。可是表妹卻不如此，她想，表妹穿兩個哥哥穿不下的夾克、運動褲，甚至他們的內褲，單調顏色，省略花邊蕾絲。一頭短髮，隨兩個哥哥丟球、打彈珠、玩遙控飛機或爬樹。

幼時一起洗澡，並未發覺自己和表哥不同，反而是穿上衣裳，性別界線才清楚顯現。他們互相搓背，混合洗髮潤髮肥皂絲，製造滿缸泡泡，渾身泡沫，在濕滑磚地上單腳滑行。偶爾撞著了，立即分開，摸摸頭笑著，然後噗通跳進放滿水的浴缸，浮在水面上的玩具鴨順勢溜出。水漸轉涼，仍不願終止遊戲，此時聽媽喊吃飯啦，才不情願地裹進浴巾。表哥、表妹套上吊帶褲，她還是一連身粉色衣裙。幾次，她偷穿表哥內褲，媽發現時，臉鐵青，抓件印有森林小熊圖樣的內褲，硬幫她換上。不知是疼了還是怎麼，她哭了，哽咽咳出破碎理由，他們，他們是同一國的，表妹也是，說我不能同他們一起爬樹，因為穿小熊內褲，不同國的……

媽繫好她裙後絲帶，溫柔梳理髮辮，看著鏡中她的雙眼，笑笑地，不可以爬樹，不可以穿表哥內褲，因為啊……

「妳是女生。」十三歲的她貼鏡擠青春痘，手肘輕壓微隆的胸部。生理期，腹部

漲痛，眼痠，想睏，更糟的是，原本光滑的額面突然鬧痘，醜化一張臉。想起今早在學校，班上男生偷翻女生書包，搜尋衛生棉蹤跡的惡劣行徑，隨口咒著。

她不喜歡自己的身體，從國小五年級起。老早不和表哥洗澡了，但常和妹妹、表妹共浴。兩三個女孩，裸身，方巾、浴巾披披掛掛，假扮皇后公主，沿一簇簇泡沫垛的磚地晃一圈後，跳進水八分滿的浴缸。彼此搔著胳肢窩，鑽弄肚臍眼，數算燙紅四肢上的胎記、傷疤。霧騰騰的宮殿內，女孩感覺彼此的身心，緊緊靠攏。可是不僅一次，她瞥見妹和表妹附耳說悄悄話，眼光有意無意飄向她。某次浴後，妹和表妹忽然宣布，以後不和妳一起洗澡了。她倆指向她如小丘的胸，和胯下稀疏細毛，一副老媽口吻，妳應該開始穿胸罩什麼的吧。

媽不再為她買「小ＹＧ」兒童內衣，轉向百貨公司的少女內衣櫃，購買淺色、粉色胸衣。貼鏡的開架櫃上，掛滿各種花色內衣，有的素面，有的縫綴蕾絲，在如鑲鑽的壁燈投射下，散發夢幻氣息。半身透光人像上，著好整套淡紫內衣褲。售衣小姐親切貼近，剝下架上不同款式、顏色的內衣，陳列於平台。媽仔細觸摸，詢問，像掂量著重要物件。置身試衣間內，她有點緊張，不知該如何穿下這小截短衣。此時，門打開了，小姐微笑走進，彎下身，幫她輕輕調整內衣，告知她正確的穿衣方式。她窘著，微微發抖，瞪著長鏡裡的陌生軀體。

她不習慣胸部被束縛的感覺。起床後，她穿上胸衣，套好制服。到校後，立刻衝進廁所換回「小ＹＧ」，捲起糖果色的胸罩，藏進書包。洗澡時，悄悄將胸衣扔進洗衣籃，以免媽起疑。日復一日，固定的換裝行程，因不想被同學揭露，她胸前逐步進行的，成長秘密。尤其體育課後，汗水濡濕接近透明的白制服，易將這椿心事，晾在同學眼前。看胸前幼芽無憂地日漸長著，她發慌、發悶，也許是怕被男同學當成笑話，或想重返女孩們的沐浴樂園，她不時拍壓胸部、趴睡，或站在高椅上，俯衝摔進彈簧床墊，疼得掉淚，以為乳房會停止成長，或回歸至平胸狀態。

自體內醞釀、生成變化始，媽剪下報紙家庭版的美容、調理偏方，從藥店揀些漢藥，滾水煮沸，迫她一週喝一回。她不清楚藥湯成分，總捏鼻吞下清濁、黑黃、澀苦湯汁。偶爾，她略知這回是胸部發育方，便將湯傾入庭園的海棠盆裡，親手埋葬這則秘密，不露痕跡地。狗兒小花，跟蹤氣味，搖尾湊近嗅聞。她蹲下，注視小花眼睛，食指豎抵薄唇。

噓——

別說啊。

記得那年夏天，和妹騎單車，繞過屋後的麵店、糕餅店，途經一所職校。正逢

放學，大女孩側揹青綠帆布書包，白衣黑裙，長髮及肩。陽光穿過鳳凰木，在她們的髮際、耳後、腳踝灑下圓圓光點。近處平交道的柵欄降下，叮叮噹噹，她停車跳下，隨節拍哼唱，職校女孩們談論著港劇劇情，或分食餅乾。美好的下午。當柵欄升起，她躍上單車的剎那，雙腿間一股熱流泉湧。

又多了件心事。她蹲坐，雙手抱膝，細聲說給小花聽，小花只是擺尾，急急搜尋她碗內藥湯。熾陽照射頭頂，她臉紅發暈，腹中沉了塊鉛，輕微痛楚像陣陣敲響的鐘鳴。

從此，廚房進行著似無止境的藥味接力。豐胸、補血、調經、腹痛循環更迭，她驚異體內宛如磁場，分布正負能量，相互吸引、排斥或消長。

某天放學，她遍尋不著停在車棚內的單車，著急之餘，赫然撞見暗戀的男生步進棚內，她下意識藏身於廢棄車堆後，心怦怦跳。不知他和哪個女生嘻笑，聲音尖尖的，像錐子刺進耳膜。她放棄尋車，徒步回家。沿鐵軌走，胡亂踢蹬砂石。三五個商職女孩，在前處默默漫步，時而低聲聊著，將風吹散的髮絲收攏於耳後。她們看起來似乎不太快樂，她思索，也許為了功課、感情，或是港劇悲涼的結局。心瞬間抽緊，她掉淚了，搞不清究竟為了失竊的單車、暗戀的男生，還是受商職女孩的感染。返家後，她找到答案，從褲底斑斑的血跡中。

她無法逃離自己的身體。身體彷彿有其規律，按無形的節氣表，循環著驚蟄、穀雨、夏至、霜降、大雪。不知名的草本植物，則隨身體秩序，在微型宇宙裡勤奮插秧、曬穀或儲糧，他倆達成默契，忽略她的起伏情緒，任焦慮、厭惡、恐懼感雜生。她不怕伴隨月事而來的腹痛，也儘量不想此時不可玩水、吃冰等禁忌，但浮動和焦躁仍生生滅滅，她清楚瞭解，卻不得不承認，深藏於內心的秘密。褲底的血，一再向她證明，童年時代的正式告別，女性認知的初步成形。

那是從連續劇、書本、生活中捕捉的女性碎片。民間故事集裡，男人以女內褲降服女鬼。書本說，由於生理因素，女性是終身病患，而她還如此愚稚，相信書上的每字每句。過年全家族至廟裡燒香，大夥皆入殿禮佛，唯獨媽守在門外，她好奇向阿姨探問，阿姨輕描淡寫，妳媽不乾淨。她無法理解，雙手白皙、飄散清香的母親，為何「不乾淨」？事後方知曉，媽當時正逢經期。她害怕，見體內定期釋放的經血，總不經意想起幼時巷道低處的排水管口，不間斷湧現的污水。她也害怕，被排拒於寺廟、教堂；甚至文具行、麵包店外，就像當年，孤單地被留在欄杆之外。

青春期，刻意遺忘卻深深刻鑿記憶的時代。健康教育課本內頁，放大的生殖器圖像，她塗層膠，層層疊疊黏合。電視螢幕重複「仙桃牌通乳丸」廣告，著藍色緊身泳衣的女人，手插腰，凸顯巨大的上圍，一人持軟皮尺丈量著。擁擠公車上，黑臉的男人，正將布滿長毛的粗手，隱隱探入女學生的制服裙內。沒有風的酷暑，打完球的高中男生，臂膀滲出大量汗水。空氣裡充斥著慾望的氣味，而她，只在意胯下腥甜體味，怕風輕吹，隨處散佈惱人心事。日後憶起的青春場景，往往隨著舌尖味覺，藥湯的濃苦，她像是悼祭，又像丟棄，逝去的少女年代。

她終究跨過青春期，逐漸適應自己的身體，甚至關心。在意鼻尖上的粉刺、淡疤。修眉，意味告別軟毛雜生的丫頭年紀。化妝、保養品瓶瓶罐罐，依用途、品牌、使用程度多寡分類。幾次決心瘦身減重，最終總以無法抗拒奶油蛋糕喊停。不再隨媽上街購衣，喜歡獨自閒逛，提回一袋袋樣式前衛的衣褲，包括內衣。媽已無權掌控她的衣櫃，因此她擁有漆黑、深紫、靛藍、火紅內衣褲，搭配不同的心情、天氣和情人。

模仿當年的媽，她搜尋每日報紙的家庭生活版，定期翻閱時尚、美容、健康雜誌，也開始上藥鋪。起初是王菲的獨家瘦身方，從死黨小胖那聽來，沸水煮決明子、陳皮、仙楂、甘草、車前子，每日一大壺，當開水喝，有助代謝。每晚浴前，站在體重機上，因些微的刻度差距，滿足或懊悔。然後，以白芷粉、綠豆粉敷臉。幾十塊錢購得大包白芷粉，和水稀釋至一定濃度，避開口鼻，將白色糊狀物均勻鋪展顏面，靜待約十五分鐘面膜乾硬，清水洗去。敷臉數日後，臉頰仍依稀留有白芷氣味，似生白蘿蔔的清味。

漸和藥鋪老闆娘混熟。親切的中年女人，教她利用蔬果自製簡單保養品。切半顆檸檬入罐，添清水，封口，數月後便成緊膚水，具消炎作用，可惜酒精味稍重，用過幾回，便遭打入化妝品冷宮。牛蒡、紅白蘿蔔、西洋芹菜切片，清水煮湯，助排泄。小面盆裡鋪濕棉，養綠豆，待豆籽冒芽，剝除綠殼生食。

依循體內循環，她按時揀漢藥。四物湯，桂枝茯苓湯，八珍湯，消脂茶，五行青菜湯，紅豆薏仁湯，木瓜枸杞湯。草本纖維驅走動物蛋白質，定期的體內掃除。她自嘲又如此得意，哈，我是草食動物。

她以為這是私房的，本草秘密。

提前到來的草本年代。泡湯，冷泉，SPA，芳香療法，天然精油，蒸汽藥浴，冰河泥面膜。在商業機制包裝下，女人以昂貴價格，購買回歸自然的入場券，讓肉體浸淫在虛擬的藥草天堂，一場身體環保之旅。

她迷上蒸汽藥浴。早在媒體炒熱之前，她朋友堂姐的同事，透露一處女人的秘密基地。土地公廟左側三百公尺，植兩三棵相思樹，樹蔭下是簡單搭蓋的木造屋，旁設大型爐器，年輕女人將竹箕中的草果，緩緩傾入爐口，咕嚕咕嚕響，像巫婆煉製魔藥。門口一歐巴桑守著，一桌一凳，收取八十至一百元的費用。屋內比想像中寬敞，分隔數間。天花板挖一蒸汽口，輸送花草香霧。熱氣斷續，毛孔泌出汗珠。恍惚中，內心升起奇妙感覺。不知是草藥滋補皮膚，還是這幢龐巨大型除濕機，正蠶食她體內的水分。

發現地面一只方鏡，鏡面分布著斑污點塊。從此角度看去，朦朧映現她的腳踝、小腿肚。退後，回望，私處、小腹也略微收攝。再退，是乳房和頸。似乎不曾仔細觀察自己身體。方鏡提醒她，臀上一葉胎記，腰際一線縫針鏈痕。原來身體也記錄她所不知、或已遺忘的秘密，以不易察覺的面積和密度，見證她從女孩蛻變至女人的成長軌跡。

她曾經渴望改變，暴力或溫和，外塑或內化，修正身體和生理。身體不曾發聲抗議，默默承載著草藥、粉粧積累的重量。終究明白，學會接受身體、生命的瑕疵和裂痕，是多麼困難，如同當年媽無法接受，小女孩的她想學男生使小壞的念頭；就像男人或女人無法認同，經期女人入殿供佛，強冠經血罪名；又如她不敢承認，腥黏的體味，來自少女初萌的性慾……

在蒸汽室過久，頭腦昏沉，草藥召喚出全身的疲倦。步出澡堂，空氣中有涼涼薄荷味，皮膚輕裹一層難以分辨的草香。年輕女人消失了，鍋爐繼續冒著煙。爐的一側，整齊種植海棠、鳳仙。看向土地公廟，女人掃著落葉，幾個老伯，袒肚，竹扇覆臉，也許睡了。廟旁高處架起欄杆，漆落斑駁，欄後羊腸小徑，不知通往何處。三兩隻粉蝶。粉紅衣裙。她看見女孩，嘻嘻攀上欄杆。跌破膝，裙邊蕾絲鉤破了，臉蛋髒了，仍笑笑地，像是看著她，又像看往遙遠遙遠的地方……

別說啊。

噓——

藥罐子

純屬意外

王不留行

【本草綱目】此物性走而不住，
雖有王命不能留其行。

【藥罐綱目】此物性走而不住，
若書寫本質。

0

如果我們談的是同一樁心事。

或許我們說的是同一造生命。

1

她在桌上靜靜萎乾。

但仍綠著，葉瓣捲縮，像關閉的耳朵。

綠色的、關閉著的耳溝內，細白絨毛密附。她還聽得見聲音？聽見窗外的雨淅瀝淅瀝，聽見車駛過濕路的刷刷聲，聽見簷角風鈴聲麼？

她許是想起那個尋常午後。浴在二月暖陽中的她，如往常一般任風輕吻臉頰。像例行體操，她乘風展舞，即使突突一陣夾砂帶石的狂風猛亂吹打，或鄰人豢的黃狗的鼻息臭哄哄迎面罩拂，或卡車飆揚濺得她渾身污泥斑斑，她仍是快樂的，自由享受生命中的種種意外。

那時，她完全開放她的耳朵。還是該說，她整個體態就是枚姣好的耳朵。

無論是雲霞漫流、風雨纏綿、土石偎眠、日月耳語、晝夜吐納等細微不過的天然聲籟，皆是她珍愛的收藏。

綠色的、開放的耳朵哪。

她察覺腳步聲由遠逼近，雜著城市喧囂和暴戾。喉頭不覺哽著哀愁的預感。

首先，映入她眼瞳的是某種生物。白淨的生物，通身絲毫沒有泥痕，沒有被咬人貓攻擊的紀錄，更沒有樹汁或葉液的血腥。還好，她也許喘了一口氣，這是不捻花惹草的。是愛生護生的。

她感覺龐大陰影的遮翳。像不像山雨欲來的前奏，烏雲聚攏，驟然吞掩了大好日光？

手影乍臨，瞬時她沉入陰涼裡。

她不知道手的主人正細細思索著。摸起來多麼像約克夏微微剃毛後的耳朵哪。泛有茶枯的淡香。以至於日後為家中的約克夏犬洗澡，撫揉牠溫暖的耳瓣時，總想起山中那枚綠色的耳葉。約克夏犬的耳瓣浮現淺脈，不規則的地圖，不像那輪綠色耳葉，橫著整齊徑路，由葉的基部畫至尖端，彷彿隨時承載蜂蝶的柔軟公路。

當手的主人陷入回憶當兒，她瞥見掌心細紋。眼前的生命線也是數條寂寞公路，她索性閱讀起來。對她而言，這確是場美好的意外，即使她讀不懂絞成數股的

線路符碼，可她聽見血液奔流的聲響，感受另一生命的貼近與照拂。

幾乎昏厥的撕裂痛楚突瞬降臨。她目睹眼前這生命硬將她拗離母體。跌入紅白相間的、萬古不化的醜惡塑膠袋中。

她甚至還來不及向親愛的自然、飛鳥及鄰家黃狗告別。

從此她關閉耳朵。是拒絕還是抗議。是拒絕也是抗議吧。

2

王不留行。

時珍曰，此物性走而不住，雖有王命不能留其行，故名。

俗語說，穿山甲，王不留，婦人服了乳長流。

按宋代王執中《針灸資生經》記載，一婦人患淋病久臥不起，遍嘗諸藥皆無效，其夫向大夫王氏請教，大夫除按治淋病的處方予以醫治，更取十餘片剪金花，令婦人煎湯服用。據載，婦人飲用隔日，病已除十之八九。

禁宮花。剪金花。金盞銀台。皆為王不留行別名。

氣味苦，平，無毒。

《神農本草經》曰，王不留行可止血、袪痛出刺、除風痺內寒。久服且能輕身，耐老，增壽。《名醫別錄》稱其能止心煩鼻衄，治惡瘡瘻乳，婦人難產。

3

多久沒有做日光浴了，她想。

即使偶有陽光透入，但比起往常恣肆曝曬的好時光來說，這紗窗篩漏的絲毫確實貧乏得可憐。

尤其沒有水。才離開母體沒幾天，她已覺體內乾涸。幾次她睨著陽台若干植物的淺碟，汪著細質土壤的混水。植物盆立於高台上，葉瓣從鐵窗探了出去。鐵窗架橫豎著猶滴水的紛紛衣物。層疊衣物後又見一鐵籠。青鳥待在籠內。牠多久沒唱歌了。如果願意，她真想和寂寞的青鳥說說話。

藍天極為平面地熨貼在隔著植物盆、衣物、鳥籠後的鐵窗外。

純屬意外。她的生命確實溢盈星點意外。她原先喜愛突瞬的意外。意外的風，雨，泥，霧。意外的踐踏與再生。意外的邂逅與分離。可她現下猶疑了，因為將她帶離自然、囚入籠與籠的竟也是，意外。

她收回視線。此時，將她攜至此的手的主人坐回桌前。

聽見鍵盤霹哩啪啦聲。來到這陌生環境的頭幾天，手的主人淨捏著她腰肢靜靜

端詳。她感覺溫熱目光，彷彿蟲蟻棲轉在身上。她微微顫抖，以為手將掐滅她——正如昨日手捺糊了沿桌緣歪行的蟻隊這般輕易——隨即又恍覺先前已死了一次，大不了這回落得肢體粉碎，最好將她殘缺碎屑拋擲鐵窗外，還有機會葬回泥腹。

她無聊漫想。此時，手翻開厚磚書。四個方塊字映入眼簾。手將四字鍵入液晶藍螢幕。

（如果這是他們族類的文化，如果這是他們的溝通模式，那麼……）

手的主人開始一篇散文。正式開始前，手鎮日跟著主人進行一連串工作。先是翻覽厚的薄的書籍，有些書蒙塵過久，還得先拂挲時間積累的可觀重量。手勤快地點閱文字圖片，因此早在逢遇她之前已在圖書館內邂逅她的平面身影。手陪著主人至野地踏查，幾次皆無法覓得她的蹤影。手的主人好失望，因為主人在腦中已預先構設一篇散文，連題目都想好了。未曾有人嘗試過的題材，而她是文章中的女主角，主人計畫見著她便立即動筆。手還記得當主人靈光乍顯的那晚徹夜未眠，極度亢奮，手感覺主人翻覆難眠但興奮地發抖簡直像嗑藥。

手的主人發願銘寫萬餘字的散文。從她的名字、身世起始。她有個磅礡傲骨的名，意思是戀於流浪，即使君王下令亦不能留其雲影。手的主人見其名，立即思及那風蕭蕭兮易水寒壯士從容赴死的畫面好壯烈。手的主人預計費些筆墨描述她的名以及隨之喚醒的烈士畫面。然後戛然而止。敍述中斷。立即跳接至一群在韻律教室跳舞的女人。她們的汗臭竟泛著酸甜。文字將在這間韻律教室被人量消耗。形容詞，狀聲詞，為了捕捉瞬間生動。此處訊號又告截斷，敍述線軸繞回野徑的她，而後提起《本草》行文。關於她從天然母胎而藥廠提煉出硬丸的過程絕不可省，尤其她專治婦女病，數來有治血經不勻，婦人難產，下乳汁等條目。最後畫面回到那群跳有氧舞蹈的女人，健康的，自由的，渾身發散迷迭體味的女人，她們的名字叫自覺，健康，絕非誰說的女人是一輩子的病患。是的健康，一如她剛健的名，原來天行健君子以自強不息的名姓軀殼下，包裹著陰柔但體健的核心。

雖有王命不能留其行。婦人服了乳長流。多麼奇詫的反差。

她知道女性需求，生理心理的。

因此手的主人急迫尋她。你能想像電影即將開拍、女主角仍下落未明的尷尬麼？

手的主人相信，現只憾她的缺席了，一旦她露面，手將無日無夜地奉獻給他的主人以及龐巨的故事建築。

女性的，漢藥的一千零一夜。

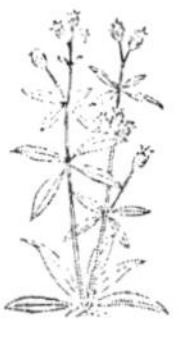

4

《西遊記》中載有唐三藏抒發情懷之詩一首。其詩曰：

自從益智登山盟，王不留行送出城。
路上相逢三棱子，途中催趲馬兜鈴。
尋坡轉澗求荊芥，邁岭登山拜茯苓。
防己一身如竹瀝，茴香何日拜朝廷？

此詩不過數十餘字，內竟見益智、王不留行、三棱子、馬兜鈴、荊芥、茯苓、防己、竹瀝、茴香等九味中藥。此等中藥於詩中不具醫療功能，但貫穿《西遊記》情節，饒富興味。

其中，「王不留行」意指唐太宗排駕親為御弟三藏餞行，送出長安城外。一僧三徒，踏上西方取經漫漫長路。趕路之際聽聞馬兜鈴悅耳聲，噠噠銘刻中國古典奇幻。

而什麼正在前頭等著他們。

5

她倦了，睡了。睡臥於正反交叉攤疊的書塔上。

手突然拾起她，擾斷她的好眠。

手的主人相信這將是則華麗的長篇故事。將她從野地攜回至今，手每日重複著相同工作——拾起，凝視，放下，再拾起，再放下——手的主人從這斷續過程中幾次翻修想像的故事建築。踵事增華，腦際反覆反覆地累漆那顏料疊飾的牆。你走入故事城堡，依稀觸摸其中的厚沉帷幔、波斯地毯、旋轉樓梯和眩惑的垂吊水晶燈。

可當手鍵入第一個字，完成第一個句子之際，手知道一切都毀了。幾可聽見腦際城堡磚石嘩啦嘩啦地崩落。

「她在桌上靜靜萎乾。」

這究竟是何處迸出的台詞。

天哪難道是篇關於生態的、以草本植物作為敘述者的文章？隔天，手的主人竟又衝回圖書館，借閱大批關於生態的、環保倫理的書籍。一番狼吞虎嚥的閱讀後，手顫顫鍵下即將扭轉故事的語句。

「多久沒有做日光浴了，她想。」

文句如此成形，所有生態環保的書籍立遭冷凍。手的主人確信這仍是女性的、漢藥的、身體的、herstory的（較諸先前的版本更懷宏大企圖心）。

不按劇本演出的後果。手陪著主人怯生生摸進一處完全陌生之境。像丟失了地圖、迷了路的旅者。未知的冒險竟更顯迷人，每一足音聽來都極為新鮮。途中，手發現主人更頻繁且長時間地拾起、凝視她。

直到她靜靜萎乾。直到她關閉綠色耳頁。直到她倦了睡了也許真的死了再也沒有心跳脈搏了。直到……

手的主人多次改道。可能僅因一通臨時的電話、意外的下午茶、隨意的閱讀而取消行程。一次一次地重修建築。眼看樓起了，眼看樓塌了。愈是想繞回原路，愈是遠離原點。眼看將拐進繁華街衢、人煙沸沸，孰料下一步竟置身野漠蒼涼、孤月荒寂。愈想按原藍圖構建，愈是狼狽錯亂地將城堡築成小木屋。眼看巴洛克建築完工在即，孰料隨意將春聯往門楣一貼，立即意識到這下非走中國傳統路線不可了。

原來唯有當下。回首來時路，棄屍於道旁的文字竟已堞成千萬塚。

手依舊撿起她的單薄枯影。

讓她的茶枯香、關閉的綠耳牽著手和手的主人，為他倆帶路罷。

因為我們再也回不去了。

荒山孤月，魘魔伏匿於取經隊伍的視線、夢境外。深夜，一僧三徒是否亦如此夢囈著。

「她倦了，睡了。」

像她再也回不去野地一般。她早知道生命是由千萬枚意外湊組的拼圖。

6

時珍曰，此物性走而不住，雖有王命不能留其行。

原來時珍說的是，書寫的本質？

0

如果我們談的是同一樁心事。

藥罐子

時光河套

川續斷

【本草綱目】續斷生蔓延，補肝腎、
強筋骨，止血止痛。

【藥罐綱目】續斷生蔓延，
主記憶、強想像，
助於重返時光之流。

在這裡，我曾嗅聞大胖腋下的濃烈汗味，曾嚓啦嚓啦踩響水泥地上的陳皮、防己或若干不知名的草藥屑，也曾捏握短粉筆，在那塊黑板上歪扭塗畫小叮噹還是小甜甜，或模仿大人筆跡、臨帖般地刻寫枳實、款冬花、連翹種種。

我曾攀上長梯高高，踮腳搆出飛入茴香、百合藥包間的棒球，然後不忘在第二層櫃架上摸一把甘草。曾趁捉迷藏當鬼的轉頭數一二三時，快步鑽入堆疊大型藥袋垛的木櫃，以層層藥包掩去瘦小身軀，露出一指一眼窺探走道動靜。曾在蜷縮紙箱、倚靠一捆捆草藥包裹、邊吃王子麵邊翻老夫子時，天啊發現那個剛上高中的福哥，閉眼正吻著誰家的大姊。太早目睹的青春場景。

在榮伯家的漢藥倉庫。

榮伯是漢藥中盤商，專事藥材零售及批發，他最早的漢藥倉庫位於巷弄底，紅磚黑瓦的平房。每回路過他家，就可從透明窗玻璃外看見榮伯正調撥算盤，上二下四的老古董算盤滴滴答答，我慣從他的眉頭曲折度及算盤聲線中，猜想今天榮伯是賺了還是虧了。然後看見那台笨重的秤，一側銀盤微晃，一側懸吊青銅製砝碼，我喜歡看榮伯或祥叔拿藥包置入盤心，另手加減砝碼數量。偶爾我偷摸三兩個砝碼，掌心掂估它的冰涼及重量。也看見牆上黑板，邊角是數家中藥行的電話，中央滿是榮伯的楷體或草書，藥名花花呈蛛網放射狀。

榮伯和中壢地區幾家中藥店極熟，我家是其中之一。記得無數個休診後的午後，一家四口擠上紅色速可達，穿越中正路和德育路，來榮伯家閒聊兼看電視吃宵夜。大人吃喝扯淡，我和榮伯家的同齡孩子則開始我們的倉庫遊戲。

儲放漢藥的倉庫，就在榮伯撥算盤的檀木桌後方，兩者間是一堵厚實的磚牆。四壁無窗，天花板嵌掛幾顆裸燈泡和幾管日光燈，印象中總有幾盞似乎永遠不亮、而也不曾見誰更換的燈管燈泡，以至於光線總嫌太暗，但榮伯、伯母和家中雇用的夥計，卻能在多層的櫃架上立即尋出藥包，憑著老練經驗或獵犬般的嗅覺。因此燈泡更換的差事變得可有可無，反而為我們的遊戲製造刺激，或為福哥領銜主演的青春劇場添些柔焦效果。

三層高的長鐵架數來有七、八個吧，平行、交叉或無序地放置，構成幾條中斷或延續的走道。鐵架高高，因此備著一摺疊式鐵梯，供人高上高下取藥，也曾見祥叔還是誰攀上梯底，下頭穩著梯身的夥計按藥單大聲喝名，隨即見一包一捆的藥草被扔落地，令我不時想及成龍的動作片。為什麼武術片總擇工地或廠房為背景，而不考慮漢藥倉庫呢？想想，當正反雙方攀上滑下、手腳纏扭時，四周皆是剛硬且機械化的粗線條，反讓武打更顯滯重，若選在漢藥倉庫，不僅可在梯上大秀成龍式的

武術絕技，更可從梯上紛紛擲落大型藥袋，擊中反派喜劇式的大餅臉。更壓軸的是，藥袋在你來我往間被撞落撕破，數百種草木花果緩緩散墜，如櫻花雨，是陽剛打鬥中的陰柔曲線。

藥包實實填滿空隙，幼時我初次走入藥草牆垣挖築的壕溝，以為撞進根本沒出口的迷宮。

磚牆是調整速度的時光器，每當我步入倉庫，總覺得涉身時光河套，時間彷彿突然緩慢下來。總以為時間等著我。我穿過重重大型小型藥袋，彷彿看見兩側飛翔著達利畫筆下變軟、歪曲的時鐘。曾天真地以為時間會等你玩耍夠了、撒野夠了，才正式讓你脫離童年。

像大夥玩的捉迷藏一樣。我總是做鬼，矇眼貼牆。在數算的時間裡，他們一個一個悄聲尋覓藏身處。我等待著，摳挖紅磚壁。

好了沒？

還沒。

我知道誰將隱入益母草藥袋後的大窟窿。我知道誰會沿著鐵梯，攀上鐵架高高。我知道我會在檀木桌下，發現誰的屁股晃啊晃地好不安分。我也知道新運來的長形藥櫥內，將躲著三、兩個拚命忍笑的他們。

好了沒？

午後的陽光，暖而乾燥，撫摩我的後頸。

藥罐子

壺底陰謀

胖大海

【本草正義】開音治喑，爽嗽豁痰。

【藥罐綱目】破嗓救星，但不宜多。

現在想想，那的確是場陰謀，發生在我上個月才買來的一只壺裡。透明的壺，蓋緣和底盤是哈密瓜的綠，配上四只同款的茶盞、淺盤，擱在窗台上，陽光似乎會特別停駐的地方。

有時沖杯菩提，葉蕊盛放。有時則是大束薄荷，滿壺綠光。我常看著看著，卻捨不得喝，好像光是輕輕捻起壺耳這個細微動作，便已破壞了壺內的生態。我的窗台彷彿天成的風景，等著誰提起畫筆勾勒、點描。

哈密瓜壺也適合盛滿冰涼的果汁、汽水。看著西瓜汁在壺內的色澤，或橘子汽水冒滅點點的氣泡，冬夜裡又有盛夏的感覺。

如果我的壺會說話，她是否會悄悄告訴我，不希望胖大海這傢伙始終窩在她的腹內？也許她會挑起眉眼、尖著嗓門，一副「拜託我受夠了」的沒好氣模樣，要我攆胖大海出門？

如果有一天，所有的漢藥聯合舉辦「年度魔術師選拔比賽」，胖大海肯定脫穎而出。他的血統證明書上清楚標示著：胖大海，梧桐科植物的成熟種子，產於熱帶地區，以泰國、越南為主。體態呈棱形或倒卵形，膚色深黃褐，全身布滿皺紋。水浸泡後會漲成海棉塊狀，故名為「胖大海」。他的命名，也許讓我的壺聯想到下巴軟厚、行動遲緩且臉膛拖著兩管鼻涕的醜怪傢伙，因此她恨透了這個上帝捏壞的半成品，不歡迎胖大海帶著他的兩串鼻涕，來她的透明胃底歇息。

可是胖大海的確學了點魔術，如果他有畢業證書——我百無聊賴地漫想——這張印刷精美的文憑末端，應該印有「霍格華茲魔法學院」的皇家印戳（也許哈利波特要喊他一聲學長也說不定），而他也該名列榮譽校友的金榜上吧！

胖大海，你一定聽過他的名字（或你愛叫他「ㄆㄥˊ」大海也無妨），至今仍是全台灣連鎖ＫＴＶ的首席飲料。當ＫＴＶ的服務員領你們一狗票朋友進入包廂後，你們有人立即飛快搶到電腦點播系統前的座位，胡亂霹哩啪啦鍵入新歌代碼；有人則狀似不經意地佔得麥克風，空出一手翻覽歌譜，此時，胖大海隨同服務生職業性的笑容，在你面前亮相。

頓時有人開始扯破喉嚨和高音搏鬥，搶不到麥克風的人只好稍微委屈耳朵，隨手抓來桌上飲料，慰安受虐的情緒。想不到還挺好喝的！甘甜津液滑潤舌際，喉頭舒展，你胸中盡是一股霈然莫之能禦的自信，想立即奪下淪陷已久的麥克風，將那個喊得殘破的「啦啦啦——啊啊啊——baby——baby」，唱得飽滿厚實。胖大海通泄你的咽喉，讓你可以盡情「啦」上一陣，但小氣的ＫＴＶ僅分配每人一小杯——約莫國小尿液檢測的量杯大小，你因此趁亂竊取朋友的份量，再向高音挑戰。

曾在KTV裡啜飲胖大海，不表示你看過他的魔法，以致你始終認為胖大海的形貌類似嵌在雜糧麵包裡的穀類，並以咖啡蒸餾的方式調煮，兼具礪獷與學院風味，莫怪喝起來總讓你突然想啣根麥桿，勤搖筆桿，成就一首適合吟唱詩人帶上路的精神食糧。

事實上胖大海的飲用方式相當陽春，拿把五金行售的廉價壺，丟四到八粒胖大海，放些蜂蜜，沖泡沸水二十分鐘後即可飲用。當兩者充分融混，KTV的服務生濾去渣滓，將甜水分裝成小杯。在沖泡和完成之間，吸飽汁液的果實逐漸膨脹，其紋理、細胞開始分裂、增厚，肥軟組織從堅皮縫內破膛而出，頓時你彷彿產生小蟲子嘶嘶啃嚙的幻聽，其可看性直追狼人驚駭的變身過程。即使我看過不下百次，但每回仍以觀賞「異形」系列電影的心情凝神靜待，並嘆服造物者不可思議的想像及創意。因此當你灌入那杯胖大海前，一場驚心動魄的小宇宙爆炸，正在那只不起眼的壺底無聲上演。

這便是胖大海的魔法。以肉身為展演舞台，活跳跳的血脈便是唸咒，讓人瞬間空出腦袋，涉入微物世界的流轉與生滅。瞅著塌在壺底的軟物，有時不免懷疑起「他」或「她」的生命本質，「他」（她）的思想、語言在燙舌的水中沉浮、翻滾，甚至他（她）的情緒、感知或信仰沉澱於深深水域。他（她）是否想著：「我想換個伴侶！天知道我早已煩透黏膩的蜂蜜，檸檬片你看如何？」；還是「怎麼又是這醜陋的壺，難道你不能偶爾弄個透明的貨，讓我見識見識外頭的世界？」或是「今天恰逢生理期，偏偏這沒良心的死傢伙硬把我拖去『見客』，屆時人客抱怨味道不對，可別怪老娘沒事先提醒你！」、「明天農曆十五可否告個假，俺想去廟裡燒個香求個籤……」、「所謂存在的本質，正如海德格所言……」之類的。

水分喚醒他們的意念。他們也許曾經怨怪我們的粗心、無情，以及對微物的盲瞶，或也曾以暗示、隱喻的方式，試圖與我們進行接觸和溝通。

也許有那麼一天，你砰一聲踹開包廂門，甘願將麥克風讓渡予你的友輩，發狂般直闖入ＫＴＶ廚房，翻尋垃圾桶裡奄奄一息的胖大海，也許會發現他們開闔的光翅縐摺處，蓄滿委屈、好勝、怨毒，以及受傷的情感……

充滿誤解與不被理解，難道便是陰謀的開端？

他躺在我的哈密瓜壺底，以美麗色澤誘惑我不斷續杯，既使喉嚨沒啥毛病，我日夜當茶牛飲。自以為是的我總認定漢藥溫和不傷腸胃、副作用少，對人體健康僅有加分效果而無減分憂慮。

因此當我某天讀到那則資訊時，幾乎從電腦桌前跳起來，差點震落盛滿胖大海的壺及杯碗。

胖大海性涼、味甘淡，功效為開肺氣、清肺熱、潤腸通便、利咽解毒等，尤其適於「開音治喑」。臨床上常用來治療發音突然嘶啞伴有咳嗽、口渴、咽痛或高聲呼叫而致的嘶啞等症。最近常見到胖大海被濫用過度，有人將胖大海當作治療音啞的特效藥，甚至將胖大海作為保健飲料長期泡服，沒想到往往造成脾胃虛寒、大便溏薄、食慾不振、胸悶、身體消瘦等副作用，這是不適當的方式。

導致音啞的原因很多，從中醫辨證角度來看，音啞有風寒、風熱、肺腎陰虛、氣滯血瘀之分，而胖大海主要適用於風熱邪毒引起的咽喉音啞，所以不能一有音啞便服用胖大海。特別是患有風寒的人，以及突然失音的老年人，更應慎用。

唉呀！我可不是那位「將胖大海作為保健飲料長期泡服」的示範者麼？回想最近無故的胸悶、沒胃口，原來是這傢伙的作祟！覷著壺底海棉般無力抗服的軀體，一個個宛若小眼睛的孔穴散佈其中，我突然產生被監視的恐怖幻覺。

那段與胖大海相依為命的光影片段，又跳閃至腦海中。佐些菖蒲、薄荷、甘草和小杓白糖，可以伴我一個下午的白日夢，或整晚的讀書寫稿。看他綻開皮膜、吐出肉身的過程，是我絕佳的消遣之一。而我的朋友之中亦不乏教師，他們可是長期

「嗌」胖大海才得以換回美聲，其中幾個甚至到了「沒有你我活不下去」的依賴程度。我是他們最大的供應商，與他們保持貨源不絕的良好「交易」關係。此外，我那些致力於「全台灣ＫＴＶ走透透」的歌王、歌后朋友們，喝胖大海的機率遠高於喝水，胖大海簡直成為他們衡量自信的指標，失去胖大海，簡直失去搶麥克風的勇氣哪！

原來我們都被捲入一場陰謀之中。

「偶爾小喝倒是沒問題，不能上癮哪！」「我早就警告過你，他絕非善類。」如果我的壺會說話，她是否會貼在我的耳畔低語？不過當我毅然決然除去壺底的胖大身軀時，竟發現壺內一圈被茶漬鍍染的色澤。原先的哈密瓜色，竟因胖大海的滋潤，漾著奇異的琥珀光彩！

藥罐子

佛手隨想錄

佛手

【本草綱目】煮酒飲，治痰氣咳嗽；
煎湯，治心下氣痛。

【藥罐綱目】活絡想像，疏通發笑神經。

藥罐子

佛手盤坐在漆赭凳上看我。當時我正坐在電腦桌前觀覽鍾麗緹最新寫真集，隱約發覺佛手的灼熱目光，只得吐吐舌頭，不情願地關閉視窗。

他許是剛點畢媽媽隨手擱在凳上的《金剛經》，或撥動匿在時間裡的隱形串珠，整整數算了一百零八遍。凳腳邊兒的約克夏犬正呼嚕睡著。几上焚的檀香愈發濃烈，逗得我鼻端發癢、哈啾連連。

我拿起磚塊書《說文解字》，匆匆翻到「佛」字那頁，隨看兩行倦意便爬上腦袋，於是立即效法約克夏犬呼嚕呼嚕的行徑。當我醒轉時已是兩個半鐘頭後的事了，抹去書皮上的口水漬痕，隨手翻閱報紙演藝版的電視菜單，打算空出腦袋看場周星馳的「齊天大聖東遊記」，沒想到一轉開電視，立即出現羅福助的大臉，旁邊的跑馬字幕則不疾不徐送出幾項新聞重點，包括某國立大學男同學網路援交當場被警方捕獲、父親性侵害六歲女童、又見鎘米污染、偽鈔滿天飛人人隨手一枝防偽鈔筆自衛、男子酒醉駕車釀成三死二傷慘劇……

這時我突然發現佛手不知何時悄悄挪移至電視機上。難道是時間趁我打呼時，躡手躡腳偷渡佛手的嗎？此時，他瞪著每天發生在台灣的苦難，正逐步化約為一行文字吧！

即使我正盯著周星馳的猴臉，但事實上我無法專心。我知道佛手正像小學時代的糾察隊員，正睜大眼睛記錄我的一舉一動，也許待會就將我的惡形惡狀羅列出一張清單交給媽媽，包括我偷看女明星露兩點的寫真、看書看兩行就打盹，以及邊看電視邊摳腳等行為。

我沮喪地關上電視，有點自暴自棄地躺回床鋪，才剛闔眼，夢就找上門來。在夢中，我彷彿看見佛手那橙黃的數根手指，正掐著那張寫滿我的缺點的紙條，伸手交給背對著我的媽媽。

媽媽盤坐在深藍色蒲團上。她的背脊漸漸地向內弓縮，腦袋也緩緩垂下幾乎貼到腹部。她又瞌睡了嗎？還是她正練習瑜珈？看她竟可維持那姿勢約三分鐘之久，我想起她最近方購回的、預防骨質疏鬆症的脫脂高鈣奶粉。

那天早上準備吃早餐時，我才發現上個月買的「阿華田」已經見底了，只好隨手沖泡媽媽的脫脂高鈣奶粉，此時佛手突然出現在奶粉罐後。這是我第一次看到佛手，嚇得差點將奶粉罐和玻璃杯摔爛，媽媽聞聲從廚房快步走出，以為我又看到蟑螂，因此手裡還高舉著一只脫鞋。

看到我眼中滿是驚怖，媽媽笑說這是今天早上在菜市場看到一位老伯推車兜售，整個市場鬧哄哄卻沒人搭理他，心軟的媽媽問得價錢不貴，同時生活實在過於

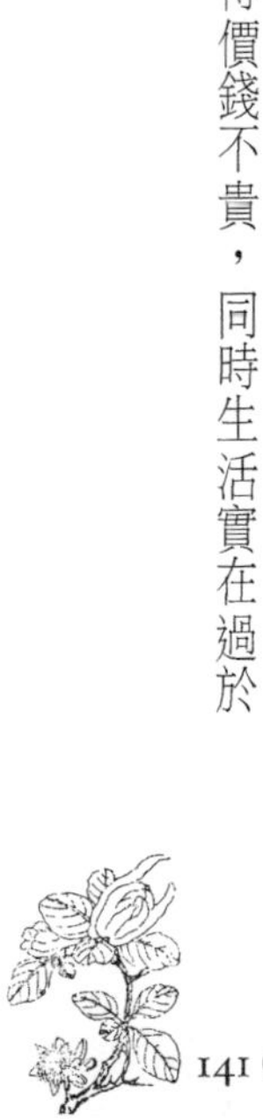

衰晦，買個佛手來給我們加持加持，或許明天股票行情會稍微看俏也說不定。

佛手被安置在玄關上，底下還襯著媽媽揀來的紅絲絨布。後來我才知道媽媽買的佛手較一般的還要巨大，幾乎是兒童棒球手套的規格，說不定當我驀地投出一只棒球時，他會很有默契地展開手指穩穩接住哪。可惜的是我始終沒有機會嘗試，因為佛手的左側是一只價值數萬元的乳色薄瓷花瓶。不過當我觀賞世界盃棒球錦標賽的實況轉播之際，佛手也會和我一同睜著雙眼，尾隨那顆飛過半面球場的白球。如果他不介意，或許願意和我討論賽程，每當精彩畫面重播，他也願意放下身段和我一同大喊「真他媽的帥斃了！」

我咕嚕喝下預防骨質疏鬆的淡而無味的牛奶，媽媽對鏡塗抹口紅、盤起頭髮，並順手按下收音機開關。「稀哩稀哩，呼嚕呼嚕」。整段《大悲咒》我只記得這麼一句。多麼像是爸爸喝稀飯都不怕燙舌的聲音，或是鄰家小弟吸拉著兩管鼻涕的聲響。當我這麼胡亂漫想的時候，卻從媽媽的鏡裡看見佛手。頓時我有點感傷，他畢竟還是無法放下身段，禁不起我小小的淘氣和玩笑。看來我還是適合獨自一人看中華隊「狂塹」南韓隊了。

姑姑從南韓攜回的蛋青菸灰缸，正放在爸爸診療室的案上。爸爸不抽菸，菸灰缸便成為佛手的棲息處之一。爸爸的輪廓深、鼻樑挺直，外型很像印度行者，因此很多人常問他已經來台灣多久、喜不喜歡台灣之類的話。不過爸爸確實每天唸佛打坐，不像媽媽邊打坐邊練瑜珈，他可以坐定蒲團好幾刻鐘，倘若我沒有喊爸爸吃飯了或爸爸有人要看病，他可能早就入定成佛了吧。

正因如此，佛手好像比較喜歡爸爸。難道他以為爸爸是唐僧轉世或釋迦牟尼佛再世；即將領他和一干人馬如孫悟空、豬八戒、沙悟淨至西方取經，或引他同坐在菩提樹下證悟、解脫死生病痛，所以特別偏愛賴在爸爸的菸灰缸中？

不過他再如何費盡心機，終究無法取代那隻約克夏犬在爸爸心中的地位。這隻小狗鎮日和爸爸形影不離，如果不是養尊處優被餵養得太肥，她恐怕也想蹲縮菸灰缸中看爸爸替人把脈。

當爸爸在病例上填下「佛手」二字時，我相信佛手和約克夏犬不僅專注於爸爸的手跡，更趁勢瞪對方一眼。佛手得意極了，因為他顯然勝利在望，這位長久敬仰的印度行者正羅列到印度參禪的人員名單，而他的名字赫然在列。此時約克夏犬必從溽濕的鼻孔中哼出不屑的冷氣，她知道主人最注重謙虛，因此不願告知佛手真正原因，以免自己過於興奮而破壞主人訓誨的美德。

約克夏犬也許想說，你這坨怪東西難道還不知道嗎，佛手你只是主人幾百副漢

藥中的一味，我早已把你的底細摸透透，你不過是芸香科佛手的果實，曬乾後便可入藥，雖然你具有治療氣脹、胃炎嘔吐、呃逆頻繁、噯氣頻作及各種急慢性消化道病症，同時有助於通氣、健胃、助食，但你可別自視甚高且過於囂張，如果你用那數不清、亂糟糟、剪不斷理還亂的手指開啟納藥的百眼櫥，你會發現哈哈你被切成片狀，哈哈和那些叫半夏、陳皮的傢伙被封入藥袋，哈哈然後被熬煮成湯汁進入病人胃底，我想哪天將輪到你被亂刀斬成七八塊，然後被扔進黑洞洞的藥櫥底哈哈。

儘管約克夏犬一副爸爸「寵姬」模樣，畢竟她並沒有得意太久。正當我寫這篇稿子的凌晨兩點，聽見鄰居犬吠的她開始與之狂叫對峙，我聽見被吵醒的爸爸對她嚴厲喝叱，再叫再叫，明天不給你吃「西莎」！

我不下樓探究竟也知道，此刻的佛手定從菸灰缸移至爸爸臥房，陷在軟綿沙發裡，透析俗世的眼下藏不住歡喜的笑，而案上暖烘烘的精油燈盞，躺著的不正是佛手柑香精麼?而那只平素盛滿「西莎」的淺碟，早不知被那幾根碩大的手指，藏到什麼地方去了呵。

精油燈盞踞在我的案上。爸爸喜歡焚佛手柑，媽媽忒愛薰衣，而我最需要的恐怕是醒腦的尤加利吧。寫字桌上的《說文》仍停在「佛」字那頁。佛。彷佛也。從人弗聲。聲也。釋言謂聲之小者也動作屑屑聲也。這時我聽見鄰室的喃喃聲，日式紙門上投射巨大影子。佛手的影。沒想到壁上的丁點光源可將佛手放大數倍。佛手影影綽綽，我突然想將手掌握成側邊狗臉的形狀，就著光源讓狗躍上紙門，吃掉那只手影。

媽媽依舊低低唸著《阿含經》。從書房看過去，媽媽盤坐的身影縮小好多，對比那團超大規格的手影，我恍惚產生比例尺顛倒亂置的錯覺。

掩上《說文》，順手抄起李時珍的《本草綱目》。不知為何每回談及《本草》，耳畔便立即想起電視廣告黏扁的男聲：根據《本草綱目》記載，羊奶性溫補。現在的廣告愈來愈沒創意，任何產品都標榜「純天然中藥調製而成」，舉凡營養穀片涮涮鍋礦泉水化妝品生髮水保養乳液皆然。也許哪天我們即將擁有「純天然中藥調製而成」的「西莎」罐頭、衛生棉、洗廁劑、牛仔褲、削鉛筆機、捕蚊燈和休旅車。當科技愈趨文明，我們反而擁有更多「草根性」的產品。

《本草綱目》有云，佛手「煮酒飲，治痰多咳嗽，煎湯治胃氣痛。」而蘭茂《滇南本草》亦云：「健脾暖胃，止嘔吐，消胃寒，痰積，至腕腹疼痛，和胃通氣。」王士雄《隨席居飲食譜》則云：「醒胃祛痰，消積解酒，消食止痛。」我想起那晚舅舅在我家喝醉酒後大罵髒話，媽媽趕緊取佛手片一錢、葛花二錢，泡濃茶灌入舅舅嘴裡。舅舅呼嚕沉睡一晚，隔日醒來換上乾淨襯衫、戴起金邊眼鏡，又是一副斯文書生模樣，不過他倒矢口否認昨晚曾說髒話數落外婆一事。

但我想玄關上的佛手都聽見了，他定已將筆記簿塗得滿滿，舅舅的髒話一字不漏地被轉成文字。而且恐怖的是，佛手定會找機會將筆記簿交予外婆。

因為舅舅不知道，咱家的佛手可是那隻將孫悟空耍得團團轉的「佛手」後裔，即使你是潑猴轉世，終究逃不出他的掌心。想到這裡我又不太情願地打開《說文》，認份地讀了起來，因為我知道佛手已將我的惡劣情狀擬成長串單據，包括我曾將歷史課本內的蔣中正塗成鐘樓怪人、曾對著隔壁老芋仔的窗口扔石子，以及過馬路沒有靠右走之類的。佛手將會捏起蘭花指，將這些真實的紀錄，遞向背對著我的媽媽。

藥罐子

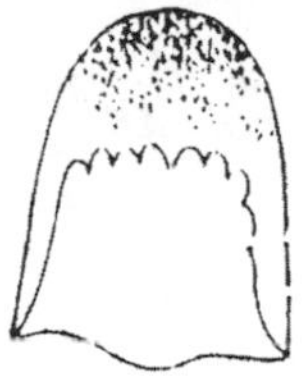

懸賞珍珠

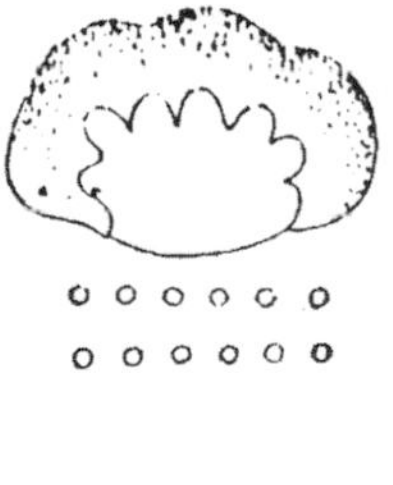

珍珠

【本草綱目】解熱燥濕，化痰消積。

【藥罐綱目】狀似眼淚，助於溶解記憶。

城裡，火車站前的這條主街，通常稱為「中正路」，各式商家沿街林立，包括銀樓、診所、餐館、百貨、電器行、美容院。清晨，巷口的市場已上發條，街仍處混沌狀態，除賣菜買菜的老少婦人和著制服、忙打呵欠、歪在公車站牌下的學生，幾乎不見年輕人影蹤。遲遲等至中午，菜肉舖早已收攤，打扮入時的三五年輕人，騎小綿羊或駕賓士，呼嘯飆過整條大街，停在租賃的店前，捲起塗鴉鐵門，邊咬培根蛋三明治，邊忙整理店內售物。

二〇〇一年，年輕人的城，處處籠罩西門町的魅影。台北，新竹，台中，高雄，你可在沿著火車站那條主街，或附近的支巷，嗅出東洋味，此非國民政府確立後，部分民眾私下對日據時代的隱隱戀棧，而是，夾帶商業媒體運作力量，匯聚成高度不穩定、與歷史無涉的影劇朝聖。頭巾鼻環刺青染髮手機垮褲，新世代制服，廉價的氣味，卻是通往哈日、韓族的護照。待在真善美戲院旁的麥當勞一刻鐘，你驚異竟見十來個同樣裝束的男女，好似撞進電視台攝影棚，甲乙丙丁，沒一句台詞，僅負責來來去去，偽裝城市熱鬧、瞬間流轉的假象。

你失望了，原來，這是座沒有故事的城，如同自身的枯乏背景。那年夏天，聽大伯不成調地哼唱，小城故事多，充滿喜和樂，於是，央他說一則城的故事。

——你知道，城裡一定得有什麼嗎？

——麵包店？糖果舖？唱片店，還是紅綠燈？

大伯搖頭，涼扇斜放仰著的面，薰紅的鼻頭，綻出破葉縫。他隨即坐起，似笑非笑。

——沒麵包店、唱片行都不打緊，但、絕對、肯定不能缺少一棟鬼屋，和一個瘋子哪。

你想起她，兼具這座城的充要條件。

自有記憶以來，她已瘋了多年。有關她的出身眾說紛紜，有人說她是風塵女子，納入地主偏房，長年活在正室姑嫂的鬥爭陰影下，精神崩潰，六親不認；有人說她曾是小學教師，因論及婚嫁的男人另結新歡，後自殺未遂，在家人軟禁下，元神出竅；有人則說她原是農婦，飼豬種田，但遭人騙色奪財，遂成番顛婆。她在城市與城市間流浪，披掛奇異色彩組合的衣飾，撿拾垃圾堆殘羹。她總咧嘴笑著，身邊圍著癩痢狗，以及向她扔石塊的孩子。口耳之間，她具多重身分，既為城市之謎，又是街坊鄰居的閒話材料。沒人認真追索她的真實身分，大人閃避她，轉過街角又不禁回頭斥笑。大人且告訴孩子，有膽你靠近她，屆時生瘡流膿，就賣給她做兒子。無論是嘲弄、恐嚇或陌生人間的攀談引子，她輕易成為城的話頭，好像她才是這座城的實體存在。

城裡的大人喊她，肖查某，番顛婆。你以為，這是瘋子的法定名稱，也湊熱鬧跟著叫。一次偶然機會，竟發現她也有名姓。那天放學，被老師留校，沒跟上路隊，放學歌唱了兩回半唐突停止，你獨自拐進巷弄，與拼湊色塊撞個正著。肥水田氣味。是她，衝著你笑。她嘻嘻叨唸什麼，擦身離去，而你，仍被奇異的感觸裹覆著。拾起地上軟物，一只素帕，邊角繡著細細兩字，珍珠。

也許是她的名，或她撿來的身世。

珍珠，你是熟悉的。母親的珍珠項鍊，唯在重要節日，或全家上館子時，她才謹慎掛上，搭配米黃套裝，和從美容廳裡梳齊、膠硬如貝殼的頭。唯有這天，你發覺母親的頸如此柔膩，泛著奶油色澤。還有，製漢藥的父親，不將珍珠同其餘藥材收納於百眼櫥，反獨藏於他抽屜內的方錦盒裡。偶爾，一懷抱嬰孩的女子，隨同衣著光鮮的少婦，前來提點珍珠粉。婦人接過小瓶白粉，從綴亮片的絲絨提袋內，數幾張大鈔，交予父親。當時，你已懂得珍珠的名貴，並非就紙鈔面額估算，而是從女人裝束及當時的夢幻氛圍中，為此藥標價。

或是，在父親費時的勞動裡，嗅到與大量汗水等值的兌幣氣味。那是機械仍未取替手工的年代。你喜歡看父親研珠粉，他慎重取錦盒置於桌面，撥開環釦，裡頭是小包透明袋。袋內珍珠靜默，彷彿睡著的音符。將幾粒細珠置於秤盤。此秤盤不同於平日揀藥的銅秤，後者刻度距離遠，邊緣鑲上歲月銹色，鐵鍊連接盤與秤桿；此盤面積小巧，銀光泛亮，刻度密麻。往往三五只珍珠粒，便可供嬰孩吃上數月。父親斟酌份量後，方進行研粉。從他取出錦盒，直到度量的簡單過程，足令你目不轉睛，因他的動作散發儒生氣質，自成舒緩節奏。他的謹慎態度，不時讓你誤以為，事實上，他秤量的是，眼淚。你感受到莊嚴氣氛，更加挺直腰背，摒息以待，深怕微量鼻息，便足以融化珍珠。

父親以圓槌敲碎珠粒，後以槌尖碾壓，試圖分解碎粒為最小單元，而這已須耗上大半天功夫。隨後是更耗時、更紮實的細細研磨，務必挫去顆粒銳角，將體積濃縮至麵粉般細滑程度，才算完工。由於父親仍須看診、揀藥，僅趁空檔磨粉，因此常見他懷抱瓷缽，右手規律轉動，累了，便由左手代勞。有時，他邊磨邊看報，聊天，但你說，你仍喜歡父親專注研粉的表情。缽內珠粉如星星行走軌跡，父親看面前鋪展的小小天體，皺起眉，宛若哲人沉思。天熱時，甚有幾滴汗珠從額際沿頰流下。父親沉浸於星河漩渦裡，而你，你墜入他的表情星圖。幾回，你扯嗓大喊，ㄅㄚˊ——ㄅㄚˊ，吃——飯——囉。他竟充耳未聞。

昂貴漢藥，是父親的時間與體力加總，是富有人家的母親、孩子保養品。家為藥舖，但你不曾喫珠粉。曾聽姑婆對母親叨唸，不用給女孩家太多東西，反正長大都要嫁的。不只一次，你聽外婆姨婆嬸婆，叮嚀母親再生個男孩，將來才可依靠。寒冬臨睡前，外婆端上熱騰騰豬心湯，給表兄弟分飲，予我和妹妹彩虹糖，當時我倆歡呼，哈，外婆比較疼我們，因為不用喝烏糟糟的怪湯，還有糖吃！你不知曉，豬心湯面，燦亮珠粉懸浮。

珍珠，光環燦耀的名，領有掌心呵護的待遇。如今，家中備有研磨機，部分前置作業可由機器分擔，父親毋須如以往辛苦，然手工細磨仍為關鍵。偶爾想幫忙，父親卻說這需適度拿捏力道，不如想像中輕鬆，你只得靜待一側。時代變了，小孩按月吃珠粉，變得極為平常。你總以此話做開端，試圖打破沉默，孰料父親僅淡淡嗯一聲，輕易捻熄對話火苗。你內心湧起被拒的難堪，人際關係最基本的單元是家庭，至今連親子間都無開口慾望了，你如何希冀，這座城面目模糊、光影流轉的城，能給你什麼喜和樂的故事？

看地看，說地說，小城故事真不錯……

珍珠，原是會唱歌的，但你無法從她喃喃低語中，分辨字句和曲調差別，也許瘋子對音樂向來敏感，有不同的體會，無怪她對人詈罵時，亦不忘聲調之抑揚頓挫。那天，你經過鬼屋，幽幽女聲飄出破窗。

學校側門旁，矗立一棟紅磚建築。雜草叢生，屋瓦敗破，兩扇門扉上貼附詭譎圖像。據説，夜晚路過，圖繪裡的兩球火紅眼珠，會緊跟隨你。關於鬼屋的歷史，如同瘋子背景，城市流傳不同版本的故事。孩子們説，這是珍珠的住處，更加認定她以孩童心臟為主食的女巫身分，但不曾有人斗膽跟隨，證實或推翻想像。他們從別處聽來，加油添醋，總是這麼開始：據説，傳説，他們説……

唯一確定的是鬼屋住址。即使沒掛門牌，誰都不可否認，霸佔中正路一區塊的鬼屋。而珍珠，因精神出走，在居民默許下，合法擁有這幢建築。

洋裁行的瑞姨，湯圓舖的嬸娘，五金行的榮伯，油漆店的猴哥，照相館的肥叔，刻印章的邱弟，皆居於鬼屋附近。你曾仰面探問，住在鬼屋隔壁，難道不怕嗎？他們笑著，摸你的頭，順手塞給你一塊糕餅；那只是破屋罷了，一堆敗磚殘瓦，用不著害怕。他們不但毫無驚懼神色，甚至聲調裡隱有浮動的雀躍。憶起母親曾牽著你，在數個燠熱午後，打傘穿過重重巷弄，來到中正路尾端，走進洋裁行、湯圓舖、五金行或油漆店，任你撫弄誰家的黃狗白貓，或命你坐上矮凳，便轉身向嬸娘、榮伯、肥叔交談。你昏昏打盹，依稀撈捕話語游絲，和瞬間拔高的笑聲。待母親喚醒你，已是傍晚。她提傘的手，偶爾多出幾袋布卷、湯圓或釘槌鍋瓢之類的，但通常什麼也沒買，卻顯得極有精神，漾滿笑意，回家路上，還主動買仙楂糖串給你。

你不知道，當恍惚跌入夢淵時，一場精彩戲碼正進入高潮。

有時，你不願跟從母親，暗自加入她禁止的「野孩子探險」。半天課下午，你們於校門前集合，穿梭鄰近中正路的幾條巷弄，無論每回路線如何不同，最終皆停駐鬼屋。某次，不知誰的提議，大家輪番進屋，出來形容一己所見。你自認並非膽小鬼，但跨入門檻之際，卻為撲面的陰涼震懾。這裡，許是城的巨大陰影吧，儲存走私的慾望和流言，醃製時間。不通風的房內，陳舊氣息凝止。你輕顫，以為將目睹眼睛轉動的人像，或冷藏心臟的冰櫃，然而，觸目所及，盡是塵毯、蛛絲，黏附天花板、樓梯、牆面、窗玻璃，如雪覆地，消弭可能的生命軌跡。

理應是無聊下午，當事實戳穿想像之際。你卻看友伴們爭得面紅耳赤。小胖說，壁爐內躲著頭顱，牆上的羊標本瞳孔出血，阿德說，番婆娘燃數根白蠟燭，大鍋爐內滾著手掌舌頭，淑芬說，二樓最邊間裡，佛像咧開血盆大口，誰又說，沒有五官的女人，細細嗓音，前來向他借火柴……

胡扯。

你暗咒著，否定大伯的故事。他定是醉了，酒精在紅鼻頭和咕噥聲中現形。你不予採信，可他的虛構文本，卻像口中反覆咀嚼的口香糖，即使香味漂褪，仍執迷地爛咬，不願扔棄。

——你是老三的、嗝、掌上、嗝、明珠啊……

你出生四十天，老三頂下這間中藥舖，整天忙著看診揀藥，打烊後還磨珍珠餵你，常折騰到深夜，勸他別這麼辛苦，先以事業為重，孩子的事交給嫂子就行了，且珍珠成本高啊，自己囝仔吃，太浪費。老三實在固執，說什麼幼時吃珍珠，長大才漂亮，不會遺傳自己黑面樣，每日喜孜孜餵你珠粉，好像不用錢一樣……

襁褓記憶早已蒸發，正如珍珠的消失。她消失在這座城裡，沒有預兆和跡象，亦無遺留任何氣味、色彩線索，連影子都徹底風乾。你不太確定，記憶中數件事的時間序列，包括巷口群聚的大人銳減、母親不再帶你穿越大半個中正路，以及「野孩子探險」的莫名解散。即使如此，城仍照常運轉，街衢時而安靜時而歡鬧，湯圓攤、照相館、五金行維持既定作息，父親定期為少婦磨珠粉。大伯卻告訴你，當報上密密分割的「警告逃妻」、「尋人啟事」區塊內，不時出現半身照及陌生名姓時，內心竟浮現荒唐念頭，和懸賞衝動。

也許，並非通緝某個特定的人名，而是，誘捕一個故事。小城，不曾是故事的敘述主體，僅是人世情節的寄生幻影，然無論紀實或虛構，它終究有故事吧！你不敢確認，卻一口咬定，當故事被陳述時，你恰巧有不在場證明罷了。

藥罐子

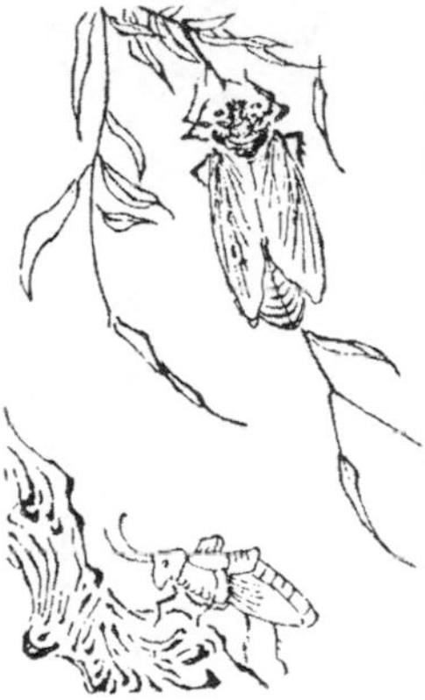

動物園睡著了

蟬蛻

【本草綱目】用於風熱感冒。
【藥罐綱目】用於聽取童年笑語。

老一輩的人總說，那個時代，窮啊，在我像你這個年紀時，哪有什麼漢堡、可樂、披薩，連白飯都不常吃，過年才吃得到肉，平常只吃蕃薯籤，削得細細的，煮成稀飯，說是稀飯，其實只能說是湯漿，撈半天難撈到米飯哪。我總想，吃蕃薯稀飯好啊，現在清粥小菜的店一家家開張，多少人排隊等吃。戰爭，貧窮，飢餓，如抽象詞彙，年輕世代確實難從字面上體驗。

那天，聽盧伯說，他們那年代，鄉下人咳嗽、胃痛等毛病，沒錢看醫生、吃藥丸藥粉，只能就家中現有治療功效的食物救急，有回甚至吃烤蟑螂治感冒咧！蟑——螂，那個黑體長鬚、顫顫爬動的噁心生物？不敢想像，他們那年代，蟑螂像魷魚類的海鮮，先剖肚洗淨、穿刺，再塗抹烤肉醬，橫在網架上，大火炭燒、煙燻，發出滋滋聲響，趁觸腳轉焦、肉猶鮮嫩時裝袋，人們大口咬進腔膛。盧伯忘了當初「料理」的過程和味道，至於療效，不知是鄉下人體壯，病痛來去快速，還是牠似乎真能治癒感冒、體寒。烤蟑螂一說出現，我似乎較能體會那年代的困苦。

李時珍的《本草綱目》並無蟑螂入藥之說，但部分蟲、魚、禽、獸實可用來製藥，分別具有不同療效。清代汪昂著《本草備要》中，歸屬鱗介魚蟲部者眾多，所能想到的蟲、魚，幾乎被點名。蟬蛻除的殼，洗淨翅、足泥土，水煮曬乾可用，其名即為蟬蛻。拋蟬殼成片，與薄荷、桔梗、杏仁同用，據說可治音啞，同金銀花、棗仁、淡竹葉、甘草等共煮，則具鎮靜功效，小孩夜晚哭鬧，不妨取用。《本草備要》說明，因蟬「晝鳴夜息」，故「止小兒夜啼」。我想像，也許是蟬經由還魂，飛出湯碗，輕唱著催眠曲，孩子吮指，瞇眼，甜甜入夢。

家中藥櫃底層儲藏大包蟬蛻，媽說那是任職小學的朋友給的。小學生群聚在榕樹下，蟬鳴嘶嘶，他們嘻嘻哈哈，唱著，鬧著，撿拾樹根土堆處的蟬殼。老師，給你！她收下孩童盛夏的贈禮，想及製藥，便轉贈與媽。褪去的蟬衣泛呈透明褐，其間生命早已遠颺，頭、翅、足、尾、眼瞳軀殼依然完好，凹凸，曲直，宛如儲存記憶的載體。靜靜凝視，幾可讀取戀、捨生命之章節，或是小學生的率真影音。

散落在土堆的蟬殼，具治療功效，而曲行於地表下的蚯蚓也可入藥，但在藥譜中，卻遍尋不著蚯蚓兩字，原來已化名為「地龍」，字面上迷漾著神話況味。剝取皮囊，曬乾，便可存取。地龍是各種神經痛、尤其是坐骨神經痛的止痛良方。曾在電視有關「世界搜奇」之類的節目上看見，男人仰面，張口，揪住活生生的蚯蚓尾端，畏光的蚯蚓仍做垂死掙扎、扭動，他像倒吃甘蔗，節節置入口中，主持人與現場觀眾瞪眼掩嘴，或張得比吞蚯蚓人還大的口，目睹他生吞蚯蚓的恐怖景象。坐在身旁一同看電視的阿姨，直嚷太噁心太噁心了，邊拾起湯瓢，飲下治療神經發炎的煎藥。瞄一眼藥爐，我不敢告訴她，其實你現在正喝下用蚯蚓屍體熬出的藥湯喔！

死去的蚯蚓碎片，混雜西紅花，密封在棉布藥袋內，同其餘草木，微火慢調，飄散濃味。若能選擇死亡，蚯蚓希望在曝光的剎那，順著人類唾液，滑入舌根，捲進人們喉嚨，在驚嘆與掌聲中告別，還是莫名死去，經多重處理後，軀殼被扔進大鍋，如慢熬大骨湯底般，其後靜默地進入病體？

無法從形貌上判斷地龍即蚯蚓，對飲藥者或許是件好事，不會產生恐懼感，而使用蜈蚣這味藥時，最好別先見其樣態。我曾見過真蜈蚣一次，對牠爬行的姿勢印象深刻，即便不再見得，僅聞其名，便覺全身奇癢。蜈蚣入藥，體腔被拉直，固定於細棍上，拿動時，數條細足輕晃，騷動我每根神經。在藥盒中，牠如標本靜置，我不敢觸碰，想像牠會在接觸體溫的瞬間，四肢立刻划動，往手臂爬來。幼時，媽處理蜈蚣標本時，我遠遠站著，雙手背在身後，怯怯張望。媽舉刀，俐落砍去蜈蚣頭、足。脫離身體的部分，四處噴散，我嚇得左右閃躲，害怕毒液四濺。不知何時，蜈蚣已從家中藥櫃撤軍，大批駛向他處。偶爾從螞蟻的搬運隊伍中，彷彿看見當時彈黏在毛衣上的蜈蚣腳影蹤，進而拼貼出愚稚的童年。

童年時代，我曾偷拿家中藥材，嚇哭班上愛捉弄人的男生。某回班際躲避球賽中，我們慘遭墊底，躲避球隊長將原因歸罪於我，開班會時說我踩線犯規，出場外還不好好接球，害我們連連失分。我當場氣得發暈，捏緊拳心。幾天後，幫爸清洗藥罐，倒出草藥時，我發現了寶。於是趁爸不注意，將寶掏出，罐內填充他種藥草。隔天體育課，全班至操場活動，我藉口返回教室，將這塊寶塞入隊長抽屜，等著看好戲。鐘響後，同學奔入教室，隊長從抽屜抽出保特瓶猛灌水，寶物連瓶滑落。他眼光下移，噴出水柱，神色慌張，然後是長長的喊聲。有蛇，有蛇！他立即跑開，腳不慎絆到球而跌跤。我偷笑，佯裝若無其事，與聞聲的同學向前圍上。平常在球場神氣指揮、比我高兩個頭的大男生，竟嚇出眼淚！我沉浸於勝利氣氛裡，不知戲已進行到同學辨出其假蛇身分、嘲笑隊長、然後扔進垃圾桶的場面。於是當天我自願倒垃圾，離開教室後，趕緊解開垃圾袋，捏鼻搜尋藥蛇。百花蛇，辛苦你啦，為我報了一記仇。沾水仔細拭去蛇腹上的涼麵醬汁痕，蛇背上的紋路清晰可見，觸感若樹皮。回家用吹風機熱吹後，再放回原處。藥用蛇盤成阿媽髻狀，以竹筷固定，專對付人們的惡瘡潰瘍。我不知道牠治惡瘡的效果如何，但治校園惡霸，嗯，確實有一套。

早在帶「蛇」上學前幾年，我曾帶「龜」至教室。那年，同學流行養巴西龜，牠們頂著小小的綠背，緩慢移行於寵物箱內，很討喜。養龜的同學無形中走得親近，下課時互相賞龜，並交換「養龜經」。媽不准我養龜，但我羨慕養龜族，他們下課不再和我們跑福利社，或玩著永恆不變的「紅綠燈」、「男生抓女生」，反而自組

類似讀書會的小團體，頂著研究討論的光圈，尤其他們「喔說起我那個小強啊」的口氣，好像很炫。某天，我向他們走近。

「嘿，我家也有烏龜，這麼大，」我比畫碗公大小，「很多隻。」

「哦？叫什麼名字？」

「嗯，有小依、小蘋、小娟、小凡、小粒子……」頓時先以表堂妹弟的小名搪塞。

看來我的「與龜歷險記」故事打動他們，於是央我明天帶來。無法立即弄到五、六隻龜，我想起家中冰箱也有數隻冷凍藥用龜，或許可以交差，但須編好牠們一夕間命全歸西的藉口。養龜同學見著藥用龜，聽過我精彩的「龜狗生死大作戰」後，自此不帶龜上學。事後我才知道，這味藥並非以龜製成，而是壁虎科動物蛤蚧，經剖肚扒皮後，四肢攤平，綁在架上，極似烏龜。經臨床證明，蛤蚧體液富雄性激素，浸酒可補虛壯陽，是珍貴藥材，可不許幼稚的小女生以「龜」相待。想及過去將名貴壯陽藥帶至教室，呼朋引伴，同學爭相觀賞、觸碰，不禁耳根發熱。

同具有壯陽效用的尚有鹿茸、鹿角。前者為梅花鹿或馬鹿尚未骨化的幼角，切片後清燉、煮湯，也可製成藥丸；後者則是老角，多被製成鹿角膠、霜。那年春節，爸載全家和外公前往日月潭，行駛山路途中，遇一美麗女子，希望我們載她和她媽一程。原來她家也是日月潭附近成排的商家之一，為答謝我們，她邀全家入廳坐坐，並端出三小杯飲料。杯上浮雕鹿型，透著琥珀色，大人仔細品嚐，我以為是可樂，央媽分我一點，她隨即露出小孩子不可以碰的熟悉表情。跳下圓凳，隨處晃晃，瞧見牆上裝飾的鹿頭。鹿頭似乎在笑，但走近後仰望，又覺鹿頭在鬧脾氣。此時看見爸手握酒瓶，專心端詳，我看不懂國字，只見標籤上畫了隻鹿。他們該不會正喝著鹿公公的血吧！扯媽的衣角，先指桌上小杯，又指向鹿頭，媽不耐煩地點頭。

大人為什麼要殺鹿，喝牠們的血呢？沒有鹿公公，就沒有鹿幫聖誕老公公拉車，到時我也沒有聖誕禮物了。我步到外頭，開始飄起細雨，對街的商店招牌上畫許多隻鹿，以及與家中參盒蓋上一樣的巨型人參。長大後，才知道當時大人喝的是參茸酒，且聽說取鹿茸對鹿無大害。當我撫摸鹿茸藥片時，那隻一會兒笑一會兒鬧脾氣的鹿頭，又映現在腦際。

鹿身上的每一部分，幾乎皆可治病，如鹿血、鹿筋、鹿肉，而鹿茸、鹿鞭則具壯陽功效。人類真能「善用」動物體內的每一寸啊！如雞內金，取自雞的胃囊內膜，別看它薄薄、乾乾一片，能促進人體胃液分泌，強化胃部活動，可增進食慾。最令我感到不可思議的則是牛黃。據《本草備要》記載：「牛有病在心肝膽之間，

凝結成黃，故還以治心肝膽之病」，牛黃即牛膽囊中的結石，並非為牛做結石手術取出，而是「牛有黃必多吼喚，以盆水承之，伺其吐出」。牛黃成塊、粒狀，顏色若土石，為解熱退燒藥，也具鎮痙效力。人一旦患結石，總想盡辦法將它排除，可見結石並非善類，為何吞下牛結石卻有益於人體？爸說一物剋一物，我則想起國中健康教育課本裡，其中一課課文後的「提問與解答」，否定「吃豬腦補腦」的錯誤觀念。當時不禁想笑，吃豬的腦，能補到什麼？然而，我想牛的結石或許真比人的結石來得健康，因為牠吃素，符合現今人們嚮往的「生機飲食」模範，但往後我吃牛黃時，確實難以不在意，我正將牛吐出的結石吞下哪！

結石也罷，吃屎可令人卻步了。蠶砂，即蠶幼蟲的乾燥糞便，主治風濕性關節炎，應用廣泛。日本醫學界經研究指出，蠶砂可預防中風。記得小二的自然課教學，全班掀起養蠶熱潮。見路旁種植的幾株桑葉，便拿出塑膠袋，和媽一同摘採。新鮮桑葉必先擦拭乾淨，以免蠶兒吃了鬧肚子。我將蠶養在紙盒內，鋪上報紙、衛生紙和成堆桑葉，呆看牠們嚙食桑葉看上半天。這群小朋友渾身潔白，連排泄物似乎都乾淨、無味，方方正正，如仔細切割過。即使如此，也難以想像加工後的糞便，可燉藥湯，甚至是風濕症的除痛救星！

許多動物的皮、肉、骨、內臟甚至糞便，皆為中醫研究史帶來重大貢獻。然而近幾年保育意識高漲，不少野生動物納入保護範疇，相關單位禁止藥材行私下販售，如犀角、大守宮（即蛤蚧）、虎骨、龜板（龜殼）、熊膽、麝香（麝的睪丸）、象皮、水獺肝和穿山甲等。雖如此，仍有熟門路的人向藥商私購。人無知而自私，自詡為生物圈的統帥，有權決定動物的自由與生死，尤其當牠們有利於人體時，這從製藥中大批的動物可以窺得。不過，並非所有中藥商皆如此，研發既保育又可治病的方式，以熊膽為例，早先是殺熊取膽，現今僅抽取出熊膽部分構成物，盡量不傷害熊。

於是，曾在家中藥櫃睏眠的這群小傢伙們，早已成群打包離開，分別帶著牠們身體的一部分。部分不在保育之列的動物，如百花蛇、蜈蚣，也因不常使用而逐一告別。其餘動物仍安睡籠中，當有人抱病上前敲門，小傢伙們才醒，或是像我要為他們「立傳」時，才一一吻醒他們。打開藥罐，推開藥櫃，他們醒了，躲在裡頭的我的童年，也揉眼醒了，或是，動物生前的記憶同時甦醒了。中藥鋪像是一座睡著的動物園。乾燥、殘缺的動物園。動物們的殘肢、片段、細胞，夢著他們曾有的完整。

拉下鐵門，關燈，我從藥櫃長廊步回內廳。彷彿聽見細細呢喃，是誰的皮骨、血肉或臟器在發聲？他們，也許趁最後一盞燈熄滅、最後的腳步聲消失後，交換著夢境，斷續拼湊我們共有的記憶。

藥罐子

童年再見

荷葉

【本草綱目】清熱解暑，涼血止血。

【藥罐綱目】治鼠心熱，適於製扇。

藥罐子

下午四點，小姐姐在跳繩。

立在廊心的她看見我了，點頭笑著。

我的手心微微滲汗，濡濕掌中的銅板。媽媽要我去巷口買醬油。為表嘉許，她允我用找回的零錢向街角的老伯買隻捏麵人。當我手握捏麵人，低頭急急穿過騎樓，陽光從正前方迎來，我感覺溫暖的癢意。

此刻，我看見小姐姐。

每天下午四點，小姐姐慣在廊前跳繩。有時，她收起跳繩，從家中牽出腳踏車，穩穩坐上軟墊，沿街漫騎。如果看見我了，她輕按兩聲「叮、叮」，喚起我的注意，點頭微笑。當小姐姐挨近我時，她總悄聲問候，也許是「今天功課寫了嗎」或是「幫媽媽買東西哪」之類的簡短語句，然後又「叮、叮」騎去。即使和我說話，她仍端坐腳踏車上，不曾蹦地躍下車。小姐姐的荷葉裙貼在腿側，露出白淨的膝，同時露出甜甜的笑。

於是我將捏麵人送給她。方才立在老伯攤前，我愉快地看他將綠的、黃的、紅的黏土揉捏成圓的、扁的、方的眼睛、鼻子、嘴巴。他說，我給你做隻貓兒。我說好。他說，給你的小貓添件衣裳。我說好。當老伯將粉紅黏土切成塊狀，我悄聲央求，伯伯你幫我的貓兒衣裳裁剪荷葉邊好嗎？老伯笑了笑，小貓也穿荷葉裙哪，幾乎看穿我的心事，我慌忙擺手，荷、荷、荷葉裙，很美麗。

因此，我的手裡便旋著這隻美麗的貓。我低頭穿過熟悉街牆，聽見唱片行的叔叔輕喚，這麼可愛的貓唷。叔叔低低的嗓音裡伴隨好聽的女聲。叔叔又播放那位女歌星的唱片。我知道這位女歌星，爸爸也喜歡聽她唱歌，隱約記得她名字裡有個「麗」字。她正唱著「今笑李別後，河日君再來」，即使我不認識歌詞中的「李別後」，但我仍愛她甜妥的喉音，像小姐姐的聲音。

跳繩的小姐姐正默唸次數。荷葉裙微微掀摺，三兩個波浪輕晃。我看見她的膝和筍白的踝在陽光下閃現。看我走來，她停下數算和動作。

「小姐姐妳跳了幾下?」

「一百三十七下。」

小姐姐整整裙襬，我發現她的荷葉裙還滾著金邊哪。

我看怔了。小姐姐分我一顆糖，那種滾滿糖粒的車輪硬糖。我毫不猶豫遞上荷葉裙貓。

當我離開，細碎的跳繩聲拍響街廊。小姐姐繼續數算，一百三十八、一百三十九……

媽媽在陽台上收衣，我立於她身旁，看小姐姐跳繩。二十五、二十六、三十一……

微風吹起她的裙。五十八、七十九、八十六……

我也默數心跳。

下午四點，婦人步進我家。

她和媽媽說了什麼，隨後媽媽拉開長櫃，抽出報紙包裹的什物。揭開報紙，是一紙暗綠扇頁。婦人用奇怪的腔調說，我要三片。媽媽說，你要治鼠心熱麼。婦人說，不是。媽媽說，這也吃出血症的。婦人回答，不吃出血症。媽媽素喜向客人攀談，依舊喋喋，頭脹胸悶也很有效。婦人看來些微煩躁，板著臉說，用來做扇子的。

聽見扇子二字，我想及小姐姐跳的扇子舞。小姐姐五歲開始習舞，我見過她舉手、踮腳旋轉，也會刷地一聲，好厲害兩腿便叉開貼地。那天媽媽帶我去看小姐姐舞蹈班的秋季展演。節目函羅列著演出順序，媽媽指出小姐姐的名，原來她名裡也有個「麗」字。

屏幕昇啟，我一眼便瞅見台上的小姐姐，她站在前排正中，直視前方。我覺得她看見我了，卻沒有平日的笑，淨瞪眼豎眉，我只得趕緊壓低身子。她們隨著古怪的音樂節拍搖擺、移動，每個女孩都像小姐姐，兩朵紅雲飛上頰側。隨即場內雷聲隆隆、雨聲嘩啦，台上電光閃閃，她們有的彎腰，有的踢腿，有的爬行，有的兩手伸得長長似抓取什麼。我有些害怕，小姐姐面無表情的臉竟如此陌生。許是我未將今日功課寫完就趕來看表演，小姐姐氣我不認真，所以始終緊繃臉。當我後悔、自責時，小姐姐又綻出笑顏，手心朝上，接滿從舞台頂端紛紛飄落的銀色亮片。她對我笑，我鬆了一口氣，她原諒我了。

終場表演，小姐姐和一群女孩小圈連成大圈，彼此肩鄰肩，高高低低，舞著一蓬蓬粉紅羽扇。儘管她們模樣相似，我卻識出小姐姐。她的笑這麼獨特，美麗而矜持。坐在台下，我似能辨聞她甜柚般的香。

她在傍晚洗澡。當時，野孩子的汗臭正旺，她的香讓我們這群小獸赧於接近。大夥哄鬧穿過騎樓，污泥陷填指甲，擦破的膝蓋滿是碘酒、雙氧水的履歷。我看見跳繩的小姐姐。那粉色的荷裙，粉色的膝呵。她遠遠看見我了，看見我的愚稚，髒臭，慌張。

其餘孩子散去，我顫顫走向小姐姐跳繩的騎樓——這是我回家必經且唯一的路——她看我卑拙地繞往馬路，喚我的名，收起跳繩，要我等著，步進家門隨即走出，手拿半個去皮的白柚。她剝兩瓣予我，為我撕去柚衣薄膜。我顧忌指甲污痕，

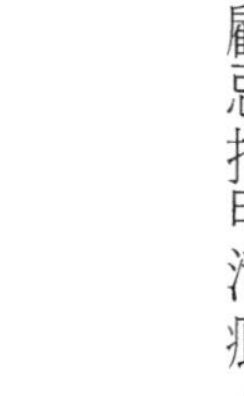

遲遲不肯接。她掰開我的拳，給我一瓣透明果肉。我原不愛吃柚，只愛取柚皮充瓜皮帽玩，此時，我卻學小姐姐細細吃著。夏天傍晚慣有的香氣，像雲低低輕籠騎樓，是白柚還是微笑，是白柚也是微笑啊，小姐姐獨特的香。

那時，我的認知是一枚移動中的小小板塊。世界尚未拼組完成。

不久之後，小姐姐領我去她家玩，或許天色已晚，伯母留我吃飯，並囑咐小姐姐記得撥電話至我家告知。

小姐姐說，請問是李公館嗎？

小姐姐手握聽筒，不時笑著看我。我想媽媽不會答應，她常告誡我，不要隨便跑去人家家裡，極不禮貌。出乎意料地，媽媽破例允許。我想小姐姐聲音甜軟，媽媽不忍回拒。

小姐姐的床頭置一書櫃，擺放著定期寄來的小百科雜誌、成套的名人傳記，以及數十冊課外讀物。此後的無數個日子裡，我窩在她房間讀《愛麗絲夢遊仙境》、《快樂王子》，至於《簡愛》、《咆哮山莊》或《紅與黑》等書，是我想讀但永遠讀不懂的書。事實上我常從故事中脫隊，抬眼看小姐姐。她正專注地翻看一本厚厚的書。有時，她將一枚髮夾或郵票什麼的，充作書籤夾入扉頁，無聲地闔上書本，隨即扭開收音機，流出好聽的歌。這些歌我全沒聽過，小姐姐慣以手支頷，沉浸在旋律中，手指敲擊桌面，好像那兒鋪展琴鍵。這時，我一動也不敢動，似乎細微動作都易毀窒空氣裡的神聖。幾度也閉眼仿擬她的模樣，但節奏遠在我指節控制之外，篤篤達達，音樂愈奏愈快，我幾乎汗濕。

小姐姐是我知識的來源，但我通常不敢亂問，斂起孩子應有的拙稚、好奇，深怕小姐姐笑我傻，就像那天我確實納悶著，奇怪我家沒人叫李公館啊？

小姐姐也做扇子的。媽媽說，她來我家揀選荷葉，為了美術課的勞作。我好怕媽媽也向她攀談，治鼠心熱麼？也吃出血的，頭脹胸悶都有效。倘若媽媽這麼問她，我會氣得再也不和媽媽說話。當小姐姐在廊角跳繩時，她看見我，像往常那樣笑著，我想媽媽沒有失禮地問她。我始終不知道她如何做扇，當她的指腹拂過荷葉粗糙地圖時，那扇子必定偷了她的柚香吧。我只盼自己快快升上六年級，在美術課做一頁荷扇，然後在小姐姐跳繩的下午四點，踩上陽光走廊遞給她。

她會停下數算和動作，露出白柚的笑。

後來呢？

我願恢復幼時斂制的好奇，不去探問小姐姐的一切。待我升上六年級，才發現做扇的課程從美術課中取消了。童年的祈願和認知版本面臨重寫。讓我產生諸多幻想的「治鼠心熱」荷葉，竟是「治暑祛熱」這麼簡易單薄的正解。待我年齡更長的

某個晚上，我從電視新聞中得知，當年那個名裡有「麗」的女星死於他鄉。殘酷的是，我立於陽台，目睹小姐姐的濃妝，叛逆，逃家。看她在夜裡擁著男人和酒氣，聽她身上的金屬飾品敲撞，響遍凌晨四點的街廊。

她看見我了嗎？我想沒有，她只是木然瞪視陽台搭架，誰的荷葉裙隨風翩躚。或當我在百貨公司不意撞著一名女子，若干別針從她大衣口袋咚咚跌出，專櫃小姐上前盤問，她盛怒、轉瞬錯愕、隨後漠然地掠我一眼，甩過乾燥紅髮，背對我，嗓音刺耳地和小姐理論。

我想我錯認人了。雖然在我們怔住的瞬間，我從她表情讀出熟悉的什麼，但她不是，她不是我的小姐姐。

也許那天下午四點，當我趴在陽台欄杆睡著時，小姐姐的書櫃、收音機、荷扇，連同她粉色的荷葉裙全已裝箱，給工人伯伯搬走了。我好著急，直到我聽見小姐姐的跳繩聲，拍擊迴廊，如梧桐葉落地。

她許會收妥跳繩，笑著，向陽台上的我揮揮手，再見啦，再見。

藥罐子

童話列車首站

人參

【本草綱目】初生小者三、四寸許。
安神增智。

【藥罐綱目】狀似小兒頭頂樹芽，
富童話益菌。

從前，從前……

當老師這樣說時，我看見坐在教室第一排的自己突然舉手，逆著微光，仰起午睡後慣有的潮紅臉蛋，露出困惑表情：那麼，是多久、多久以前呢？

他綳緊臉，雙手半停在空中。故事在這裡暫停。我望了望牆上的日曆與時鐘，眼光不經意掃向兩側寬柱上，褪色的標語。

做個活活潑潑的學生，做個堂堂正正的中國人。

身長一百四十二公分的我，坐在最靠近講台第一排，從前門數來第五個位置，即老師上課時從台上走下，最喜歡將印有粉筆指痕的課本倒扣在學生課桌上、雙手握定的位置。他瞇眼環顧四周，像是詢問全班，但我總覺正盯著我，清了嗓子：「講到這裡有沒有不懂的？」一雙混合慈愛與不友善的鷹眼，直瞪視我，我自然怯於將昨晚在爸監視下，假借寫作業名義，實際上正進行、覆蓋在數學習題下的「草藥姑娘」塗鴉，大膽挪至課桌上，繼續發揮。然而，趁老師轉身返回講台，在黑板上塗寫什麼的空檔，手悄悄探進裙袋，捏緊小包仙楂丸和梅餅。像護身符般，心底升起踏實感覺。

噹噹噹。老師繼續講課。

我們盡量控制音量，但仍藏不住細瑣聲響。收拾鉛筆盒、課本，將上課傳遞的紙條，對摺對摺再對摺，收入抽屜。家豪從搭在椅背的書包內，摸出一疊紅白方形紙片，喀達一聲闔上自強牌書包。芸的手慢慢伸向凱蒂貓鉛筆盒，輕按盒邊突出方鍵，筆盒前端立即彈出分畫小格的輪盤。阿良從瞌睡中驚醒，抹抹嘴角口水，卻將鄰座小平抽屜內的透明封口袋、刀片、秤盤碰出，跌落磚地。

於是，老師結束無聊講課，在班長飽含精神的起立、敬禮聲中，至走廊洗手台，沖去滿手粉筆灰。我則從畫滿白紅黃藍綠圖陣的黑板，逃逸出來。抽出夾在數學課本中的漫畫手稿，用二B鉛筆，為「草藥姑娘」空洞的臉上，塗上鑽石般的眼睛。

方才沉靜的教室，立刻轉由吵雜的小型診所登場。

爸是中醫師，自營診所。我從家中偷渡小包藥粉、幾兩、幾錢枸杞、紅棗和甘草，順手抓把塑膠、棉布藥袋，攜至學校充作遊戲材料。在我身長一百三十六公分的年紀，每逢下課，班上同學喜歡群聚在教室走廊或空地，來場十分鐘的「紅綠燈」、「過五關」。換了教室，身高微抽長三公分的新學期，班上則興起另種遊戲：用橡皮圈結一繩串，兩端分別由猜輸拳的一人，牽握至不同標高，讓參與者縱身越過的「跳高」遊戲。當教室從一樓換至三樓時，開始了「醫生護士」遊戲。

在小女生情思初開的想像中，醫生角色不屬於功課特優的模範生或班長，應是容貌俊秀、不偷偷用袖口擦鼻涕、短指甲且不留污痕的男生。醫生是搶手角色，理應由抽籤決定，方為公平，但面目清秀的興——班上一群女生暗戀的對象，則不須通過這道手續，自然被推舉為醫師。護士容許六、七人扮演，若當天由興作醫生，女生則私下爭搶護士角色，如此不僅有正當理由，頻與興聊天，更可接過他寫滿端正字跡、充作診斷書的作業簿單頁，趁上課鐘響、遊戲暫告段落時，若無其事地摺入筆袋裡。參與遊戲的其餘同學，只得填病人空缺。我們不願承認卻心知肚明，病人角色的存在，僅為凸顯醫生、護士地位的重要，相當於路人甲乙，屬於面目模糊的個體。多年後翻尋畢業紀念冊時，才驚異原來當時班上有這號人物。

當時，我們如此幼稚，不知病患是支撐醫院運作的合理存在。童話的開端，醫院、診所不為病痛存在。醫師護士類同王子公主，生活在白色城堡裡，從此過著幸福快樂的日子。醫院診所，是夢的產物。

中藥鋪更是如此。它的小小店招，像雜貨店門邊角，掛有「菸酒公賣」字樣的斑駁鐵牌。也許隱匿在幾巷幾弄，彎繞過學校、土地公廟、麵攤、五金行、舊書鋪後，方尋到某某中醫診所、中藥鋪的影蹤。你怯生生走進，身材矮小，尚不及鋪內的黑漆櫃頭高。禿頭、眼鏡低壓至鼻樑、正在讀報的伯伯，沒瞧見你。你跳上圓凳，左右張望，瞄見透明櫃上，擺放大罐的乾枯海馬，以及紙盒上成疊的扁龜。另一破敗的紙盒內，染成褐黃的蠶寶寶屍，成袋地封好。你不禁想起，那天在保健室裡屁股挨針時，瞥見鐵櫃上展示著浸泡藥水的污黃玻璃罐。大人將成群的牙齒棄屍在罐底。為什麼不將拔下的牙齒，上排的拋上屋頂，下排的丟置床底？

當你忽忽想著，老伯喚你，小弟弟要什麼？你踮腳遞上媽給的紙條，老伯湊近，從靠壁木櫃上，取下玻璃罐，徒手抓量什麼。你依然瞪著那些海馬、海龜、蠶寶寶，暗自祈求老伯動用它們，但立刻想起自然課所養的蠶寶寶；那群睡在鋪滿桑葉盒的軟體生物，是怎樣被刺穿、剝皮、壓扁、風乾的景象，就不時提防老伯狀似親切的問話。開始從國語課學習不少大字的你，習慣讀起店招、菜單、春聯上的國字。這時木櫃上端的十二個大字映入眼簾，你開始拼拼湊湊，有邊唸邊，沒邊唸中間地認。

冬，□，白，草，能，月，□，香，牛，田，北，耳……

冰涼的磨石子地。老舊風扇。昏黃光線。黑櫃透明罐。白淨缽器。上百個小抽屜。金屬秤錘。禿頭老伯。動物屍體。無從猜測的斷肢國字。

這是一家什麼樣的店呵。猜疑，懼怕，好奇，同時摻雜著模糊的好感。

童年的直覺。就像我曾經固執地相信，內心細微的雀躍、嫉妒、揪痛，就是普遍存於童話故事、大人世界裡的愛情。我們迷戀著輿。遊戲藥材和部分用具由我提

供，有權免於抽籤機制，永遠扮演護士。

我們建立一套頗具規模的運作模式。草創時期，我們僅將不同廠牌、花色的橡皮，摩擦桌面，製造大量屑末充作藥粉，或細割成丁。買裝飾卡片用的亮片、金粉，與混有茉莉、檸檬、薄荷味的廉價香豆，充作藥丸。這些「偽藥」，皆收納於鉛筆盒內。美術課時，原先做母親卡的部分色紙，則挪為藥袋、藥包材料。我們留下至雜貨舖抽糖果贏得的汽水條、可樂糖、王子麵，當作病人怕吃「苦」藥的補償。之後，我開始從家中偷運少許藥材及藥袋，包括仙楂丸、梅餅。病患漸為同學極力爭取的對象，他們隨口掰出頭痛肚子痛鼻毛痛腳底板痛的理由，就可領取雜有恐怖成分的藥粉，和可口的糖果餅乾，然後將前者扔進垃圾桶，吞下後者。他們逐漸淡忘我們努力調配的藥粉，以為糖、餅才是遊戲使用的藥，以致多年以後，同學憶及這段往事時，忘了是誰告訴我，他隱約記得那幾包「藥」的甜味。

某次遊戲裡，興藏了一顆粉紅色的車輪糖。討厭的鼻涕王見狀，大喊著，醫生偷拿病人的藥，不要臉。大家的目光移至興，他的臉逐漸轉紅。瞬間，我喀噹丟下藥錘，擺出惡霸姿態，指著鼻涕王的鼻子，你以為醫生是無敵鐵金剛嗎？我們，身為醫生護士，天天與你們這群病人接觸，一定會被你們傳染，不吃藥行嗎？我順手抓顆車輪糖。以後不給病人糖果，我規定的。

你說，你依然從禿頭老伯那兒，不定期獲得仙楂丸、梅餅或橄欖。你長高了，肩膀與黑漆櫃齊高，可見老伯抓藥過程。媽牽著你，陪同讀國中的大姐，來這撿藥。姐身子也抽高了，額頭爆出痘粒。你偶爾在廁所垃圾桶內，瞥見腥臭的黑血棉條，過幾天便可嗅聞廚房濃重煎藥味。你把玩桌上的秤，指著老伯鋪排在白紙上的藥草，一一詢問藥名，於是知道，當初以為的海龜，原名為蛤蚧，與蜥蜴一個樣，掏空內臟、鋪展皮囊後，木條由口至尾刺入，狀似壓扁的龜。而蠶寶寶則是冬蟲夏草，類屬植物。想起櫃頭上的大字，你問，熊膽長得怎樣，老伯微笑，從抽屜取出少許乾硬圓粒。你有點失望，以為會看到青色黏體的軟物，像忍者龜對付的下水道怪物，不過仍拾起他剁下的海龜頭和四肢，塞入口袋。

這是對昆蟲、動物殘虐的年紀。你用打火機燒母蜘蛛和千萬個粉紅卵。層層利可白液圈住螞蟻群，目睹牠們漸漸死去。將金魚沖進馬桶。為螳螂、螃蟹截肢。擰起蠕動毛蟲尾端，在女生嚇哭後，拿課本一拍，桌面、書套沾上黑綠黏液。你知道蟬、蚯蚓、蜈蚣、螳螂、刺蝟、水蛭等蟲科獸類們，經戳戮、搾乾、曝曬、打磨後的屍體，皆悉數保存於黑漆櫃裡，不禁心神嚮往。

你偶爾摸走蛇床子、五味子、胡椒子管他什麼子的圓粒，填進玩具槍彈匣內，射工友養的黑狗，或趁老師寫黑板時，給他不意的一擊。暗戀的女生喉嚨痛時，將媽要你帶去學校巴結倒嗓導師的一袋羅漢果，轉送給她。可是你依然怕喝藥湯，僅吃掉同藥燉煮的雞肉、排骨，趁媽不注意，湯倒入洗手台。扭開水龍頭猛沖，稀釋後的褐色汁液，順著水流，像彎彎曲曲的小蛇，消失不見。

常在夢中顯影的中藥診所。

沒有糖吃的中醫診所，病人顯得意興闌珊。然後，醫生護士漸漸離去。我仍繼續將橡皮擦屑、混同不知名目的藥粉、細切的草果，製成遊戲用的藥材。曾經渴望將來擁有一家私人中醫鋪。飄散樟木香的櫃，包含上百個抽屜，表面懸有古銅色環扣。面牆木架上，整齊排列透明藥罐，具有瓜皮帽頂般的蓋子，水晶色澤的罐身。罐腹上貼有藥名，是三叔蘸墨書寫的篆體。秤碟、缽器、搗鎚等打磨、度量的用具，我以珍藏古董之心相待。沒有醫生、護士、病患的空間，收藏上百種形體、顏色、氣味、溫度的草藥，宛如坐擁一座草、木、土、果、穀、蟲的樂園。

童年虛構的中醫診所，為何終結？因為再沒有甜絲絲的糖果餅乾？因為興的轉學？因為誰又發明新的遊戲；還是因為鼻涕王將「偽藥」當真，和水吞下，導致接連三天的腹瀉，而我被導師叫去罰站的緣故？

影像漫漶。黑板上的作文題目「我的志願」，字跡磨蝕。

你長得更高了，擁有自己的房間、電腦、音響、衣櫃和情人。那回大學聯考，隨同媽到中藥店抓補帖，櫃頭的熊膽、鹿茸字樣已掉漆，你想起蟲獸屍體，想及某國際保育協會，指責中藥商濫殺動物製藥的報導，低聲咒罵著。Discovery頻道播放著人類宰殺犀牛的血腥畫面，你為此難過，痛斥硬取犀角的自私舉動，但高燒不退時，仍胡亂吞下媽塞給你的小瓶犀角粉。新聞不斷重複大批走私藥材的畫面。他們殺熊、鹿、虎、龜，只為壯陽顧腎強心補精。你想起禿頭老伯，鏡片後果真閃現生意人善於算計的目光。好久沒去他的中藥舖了，就像多久不曾翻閱幼時睡前必讀的童話。巷道拓寬，也許它早已連同那些五金行、唱片行、麵攤消失，你失去核對記憶的機會。你並不惋惜，因為這種毫無科學根據的偏方，不起眼的舊式ＬＫＫ店，早該被時代淘汰。

童話世界，崩解，毀敗，在告別、追悼前。城堡被現實架空，王子公主換下戲服，忙著升學就業或上報紙社會版頭條，而所謂的「幸福快樂的日子」，徒為嗑瓜子聊八卦的笑料與妄想。我，或許你，喪失時間座標，活在高速運轉的軌道內，偶爾瞥見啟動記憶的一幕，也難得為之駐足。其中，也許，有一個小男孩或小女孩，遊戲中不慎丟失的球，滾到腳邊，你拾起，瞇眼，度量時光刻度般仔細審視。

看見什麼？

從前，從前……你說。

藥罐子

顛倒夢想公倍數

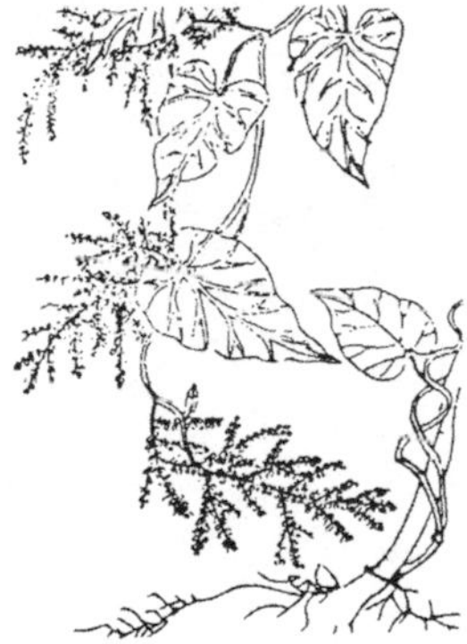

夜交藤

【藥罐綱目】為何首烏的藤莖，
蔓生夜間顛倒夢想。

心無罣礙，無罣礙故，無有恐怖，遠離顛倒夢想

——《般若波羅蜜多心經》

深藍鐵門，藏青窗檽，褪黃的白窗簾。木造講台，前面漆成土褐，後面架空，幾層木板橫豎分隔，散放著白、紅、黃、綠盒裝粉筆，另有前端分岔的粗糙藤條。數個板擦擱置板溝。較好的教室備有板擦機，削鉛筆機模樣，衛生方便，省得值日生懷抱數個板擦至走廊，掩口遮鼻，偏頭，就著襯墊枯葉的乾溝，持藤條霹哩啪啦打，揚起粉塵。桌椅腳或瘸，或表面塗刻「幹」、「操你老母」、「張明雄愛陳美玲」等字樣。同學散坐，有的座位空著。看似老師模樣的男人或女人，手抱一疊考卷，嚴肅喝令第一排同學傳下。咻咻——咻。教室安靜，除了傳考卷的聲音。我捏緊鉛筆，掌心冒汗，心怦怦跳。前排同學傳來數學試卷，趕忙接上，迅速瀏覽——

我，一題也不會。

熟悉場景。也許是國中或高中教室，身旁是國、高中甚至大學同學，講台上眼光銳利的是中學時教國文、地理或數學的老師。或白晝，窗外涼風翻捲試卷角角；或深夜，全然的黑幕裡，唯有這間教室仍亮著白慘慘日光燈。有時我是中學生，清湯掛麵頭，白衣藍裙，大副眼鏡橫壓鼻樑。有時我是現在模樣，馬尾，T恤牛仔

褲，頸項掛十字架銀鍊。儘管更換時空、布景或角色，看不懂的數學試卷，像永恆的化石，凝止桌面，無絲毫改變。

此時，總感胸悶，恐懼如潮襲湧，自胸口、喉頭，滾滾灌沒口鼻。奮力掙扎，周遭景物——包括老師同學和數學試卷——開始扭曲，掉色，如壁癌紛紛剝落，現實感及時間滴答聲沿縫滲入，我下意識想逃，躲離這座迅速崩壞的異境。然失去方向、座標的阻力仍壓迫神經，面貌模糊的老師同學，似哭似笑，穿越頹圮時空，急急向我追來，伸手，指甲長而彎曲，像是召喚，又像粗暴拉扯我奔逃的意識。

然後，是遙遠遙遠的雷聲、雨聲。

此時，誰匆匆坐起，拉開眼罩踢開被窩；誰扭亮燈，半睜猶帶睡意的眼搜尋；而誰，誰又反覆輕喚、而後加大音量至幾近怒吼著我的名？

夜半醒轉，為畫面倒錯的噩夢驚擾。懷疑夢境曝白瞬間，撼動耳膜的雷雨，實乃喉嗓擠壓的聲響。我彷彿未從災難現場回神，瞪視眼前物事，慢慢確認所處環境。學校宿舍，桌腳固定，木床架旁搭晾著內衣褲、夾克、布裙，睡衣略顯凌亂的室友，被我尖聲嚇醒，疑惑、關心地看我。

又做噩夢？

記得大學聯考結束，學校科系底定那刻，我大聲歡呼，從此，再也、再也不必算數學了！集中所有數學試卷、教科參考書，置於鐵桶，焚燬滅跡。想及南陽街巷底的數學家教班，教室充斥著強烈空調仍驅不走的上百人汗騷，老師的聲音忽遠忽近，我望著巨型黑板上的五彩公式，心想待會下課究竟要買炸雞排還是臭豆腐。數學模擬考，三十分鐘交卷，利用空檔準備下一科，並暗自算計須多贏幾題，方可扳回數學科的慘重失分。大學聯考，拿到數學試卷，眼光匆匆掃過，發覺試題如此陌生。身旁同學各個埋頭苦算，我不好意思發呆，便假裝勤算，估計三年的數學補習費。龐大數字相對可能得到的分數，投資報酬率少得可憐。接獲成績單，竟比想像中高五分，我樂得揮舞紙單，跳到媽跟前，一副領賞模樣，十一分耶，妳能想像嗎……

鐵桶裡，火焰吞捲紙本，以為這段記憶會永遠銷毀，因數學課本、試卷而起的複雜情緒，亦將隨風星散。然灰燼於夢中還魂，生硬抽換、更改情節，於是，夢裡我逛圈超級市場，竟在冷凍水餃湯圓火鍋肉片冰櫃中，發現數學教師正用鐵青的臉（也許凍壞了），指定你求冷凍蔥餅的圓周面積，或與情人賞淡水夕陽，買魚丸湯而低頭翻尋零錢的他，天啊竟從皮夾掏出圓規鐵尺量角器甚至三角錐。無論在操場、百貨、公園、書攤、ＫＴＶ，我獨自或和爸媽朋友情人，場景總突兀切換，當我轉頭，身邊親友像吊鋼絲般，迅速從地面消失。又回到教室，身旁是國小國中高中同學，簡直像失序脫軌的同學會，正當我納悶國小的阿范怎會和高中的珮甄比鄰而坐、大學時代的羅著中學制服、車禍喪生的小學同學鄒對我嘻笑時，數學試卷如幽靈飄至眼前……

荒誕笑話。當過往的喜悲苦樂被歪斜化，應拔出泥淖，指責夢的不符邏輯和技術犯規，狠狠嘲弄它的粗糙偽造。我卻全身釘植床鋪，冒汗，喘息，呻吟，逃離捲進輪迴般的數學亡魂。有陣子，與數學夢魘搏鬥不分晝夜，連午間小睡片刻，它都霸道要你背誦（A+B）×（A-B）的公式。

多夢的年代。儘管白天想著信用卡款項未繳；送乾洗的羽毛衣皮外套未取回；該去巷口新開拉麵店試試；須回幾封mail給友人等瑣事，夜半卻老夢著誰又要你約分、四捨五入、算至小數點以下第幾位，或提醒你梯形面積是「上底加下底乘高除二」、三角形面積記得除以二，總總……

室友說，可嘗試頭腳換方向睡；姑婆說，睡前喝牛奶加少許蜂蜜，並掏出從廟裡過香爐的紅紙符，要我壓入枕下。妹說，買個補夢網吧！出自東南亞住民純樸手工，綴幾片鳥羽的圓筐裡，細線交叉如蛛網，據說可獵捕噩夢。某某說，寢室內別放算盤計算機等有數字之物，天曉得我早將這些東西視同廢棄物處理。而當誰又建議尋求「收驚」解決之際，忽想起，家中的藥草或許具「壓驚」效果。

抓三五錢棗仁，佐以茯神、黨參、遠志等物煎煮。棗仁為酸棗種子，紅圓小巧，若相思豆，炒過泛褐色，像西瓜子、咖啡豆，未炒的棗仁可治失眠，炒棗仁則用於多夢。斷斷續續飲過數回，夢逐漸蒸發，一覺睡至天明，睜眼立即清醒，腦際未殘遺夢的渣滓。當我驚異竟可完全沉睡的同時，又不禁懷疑噩夢是否仍造訪，它輕聲開門，滑翔，溜冰，又悄悄虛掩門扉，瞞過神經質的偵測，但神經質並未抓到夢魘，反折磨我。夢擴大版圖，勢力籠罩沉睡領地，甚至篡奪記憶。見相似風景，嗅相類氣味，我常搔著腦門揣想，這是我真實經驗部分，抑或夢的縮影？意識遊走虛實之間，確認記憶，像在結霧的玻璃窗上，努力分辨、指認景物同樣困難。與夢的關係日漸緊張，未久，我果然發現蹤跡，睏眠的長廊拓印透明腳印。

再次走進教室。穿過灰濛曲廊，與小學、中學、大學同學擦身，找到自己的座位。數學試卷，宿命棲止於桌面。

（2+3）×6=

思索良久。這題，應出自小學數學課本第幾冊第幾頁，還是國中數學參考書第三冊第六節的練習題內，當時，我心算即得解答，抑或翻至考卷背面奮力計算；身邊坐的是全班最髒的陳國霖，還是模範生黃立傑？

這應比三角函數、微積分簡單吧。夢是咀嚼生活後的排泄，經由無法覓得的管線，將顯型隱性的意識零碎，沖積，沉澱。我重返歷史，沿著數萬列無法命名的甬道——姑且稱為時光隧道吧——觀察過去認真逃避的真切恐懼。這或許是每人成長路途須經驗的神祕儀式，類似往生前的影像倒帶，當你觸動死亡開關，記憶像未剪的紀錄片，在白翳角膜上不停播放。一位中學教師嘗言，都四十多歲了，仍反覆夢見求學時代寫作文的自己，他忠於起承轉合規則，卻得不到老師青睞。近幾年夢的次數頻繁，像急切透露或預示什麼。說罷全班大笑，青年的作文陰影，竟在多年後夜夜磨剔精神，像濫熟的鄉野怪譚，誰還打趣地說，幼年尿床被老爸揍的經驗，搞不好七老八十做阿公阿祖時，還夢著炎炎日頭下、搭曬在竹竿兒尿黃了的棉被哪……

……

我笑出眼淚。如今回想，那位同學成人後是否真為「尿床」夢魘所苦，不得而知，但當時，或許「恐數學」徵候，初初遁入意識，漫天蓋地大興工事，包括隧道、捷運、地鐵、高架橋，在夢境各甬道紛亂接駁。

並非草藥失靈。枕畔彷彿囤積過多記憶，方躺回床鋪，意識上軌啟動，預演今晚可能的夢境。頻換睡姿，枕下符袋如蟑螂四散，牆上掛滿大大小小補夢網，撤除房內可能出現的「數字」（包括日曆），數學試卷的夢仍寄生於腦細胞，最終，炒棗仁也拴不牢發狂的心。我嘗試漢藥龍骨。

龍骨即古動物化石，包括象、牛、馬等哺乳動物之骨骸，磨粉後服用，可鎮定安神。看龍骨粉沉澱碗底，想起億萬年前的演化。彷彿眼見，當塵暴、毒氣瀰漫，或板塊因劇烈變動破碎飄移，禽獸大規模死亡，經歲月風乾、風化，血肉還諸天地，留下剔淨白骨，如死後潔身儀式，等待下場輪迴。隨後，經海洋、塵土埋葬，成為礦岩礁石內的一頁記憶，時間的沉積。又過多久，海陸的排列組合漸趨穩定，它們被人類掘出，填補古生物歷史拼圖的某塊空缺，或輾轉經商人之手，從博物館流浪至漢藥舖。觸摸冰涼龍骨，突然渴望具有靈媒的溝通、感應能力，飽覽它們的身世。那已超越生物、歷史學範疇，非關哺乳類的生活形態、獵食技巧，或從地球毀滅後倖存的證據，而是它們曾有的群體情感、思維和夢境。

是的，我深信，動物也有夢境。國外生物科學單位對狗進行研究，不排除牠們作夢的可能。窩在垃圾堆的流浪狗，是否夢見走失的主人，包括他的氣味、聲音；是否，夢中不斷浮現當初被丟棄的路徑，醒後牠嘗試尋找，卻往往跌撞至墳場、焚化爐、香肉店，或栽進抓狗大隊的籠網中？看家犬 baby 睡得香甜，想像牠的夢裡，我可能以何種形貌出現：快樂，哀傷，抑或面無表情？

我，曾被誰、以什麼姿態夢見？

像輪迴，晝夜不捨，川流未息。一度懷疑，夢魘走私逝去年代，偷渡眷戀和恐懼，打散記憶秩序，重新分類、編號並打包裝箱，分別郵寄記憶的主人與其親屬友朋。這是它們的工作，由不得你以意識控制，僅頹然呆望輸送帶上貼標籤的各色行李，於不同進出口消失。我開始放棄，扯下補夢網，收拾紙符，拒絕任何安腦定神漢藥——包括珍珠、硃砂、磁石、柏子仁、夜交藤——任夢恣意穿梭，任生者、死者於夢中交逢，任心神隨其行李，放逐。

繼之而來，是一連串夢魘，失眠。一直不敢承認，夢魘並非外來入侵者，而因心長期寵養下日益壯大。也不願承認，某些刻意遺忘的傷痛最難忘懷，因傷口包覆著最珍視的情感殘骸，欲挖尋過往，勢必撕開疤痕、節瘤，殘忍、心疼地舔淨斑斑血痕。對不告而別的同學的記憶，和數學的恐懼，幾乎發生於同一時間點，隨時光湮滅化為陳跡。自鄒車禍身亡和宏開瓦斯自殺後，欲溫習故友面容，是否應透過夢牽線，還是，他們已被製成化石，像龍骨經妥善保存，一旦我失憶，只需輕啟瓶蓋，氣味、光影、色澤便重組零件，還原他們十幾歲的天真笑貌？當我碰觸記憶匣，試圖尋找與他們共有的往事，而數學恐懼症，以及同圈年輪儲存的各種事件，嘩啦嘩啦向我湧來。嘗試解決困境，卻往深淵陷溺。

偶爾，我決心叛逃，遠離顛倒夢想，終止夢魘輪迴，卻戀戀難捨，記憶裡零星

的溫情。我和夢魘，受詛的依存關係。有時不得不承認，自己正循著夢的階梯，通往記憶偏遠所在。那刻，眼前虛幻，卻如此真實，彷彿清楚觸摸教室桌面的深深刻紋：九九乘法表，和已在地表消失的熟悉名字。

你知道如何求最小公倍數嗎？死去的鄒悠悠問我。我和你的公倍數啊。知道嗎？公倍數是數字的繁殖，愈多數目參與，所得之數便像滾雪球般，愈顯龐大，同樣地，愈多人加入的記憶體，過程更形複雜，感情線廣漫牽連，即使有些是死的、與其餘數字絕緣的質數，仍被允許進入輪迴運作，單一元素如烈火燎原，最終竟總結一個你負擔不起的巨型算式，同時，你的夢將不斷增生，脫離肉身，獨立形成自具體系的小宇宙喔。

所以啊，數學家有時也會犯錯，公倍數不可能彼此消化，最後取出最小值，而是，數字與數字將編結趨於無限大的網絡，把我們通通罩入中心，這是它的工作，不會隨著聯考的消失、符咒補夢網的出現，甚至漢藥的調解，而一點一點稀薄的唷。

藥罐子

活得像一籠傻草

蒲公英

【本草綱目】治婦人乳癰水腫。

【藥罐綱目】治五傻酸甜友誼。

植物叢生夏日香氣瀰漫
蹲下來翻開葉片的背面開始讀到一個神秘的預兆
——雷光夏「花園」

還記得嗎?我們曾如此愚騃,喧肆,在那年二月。

即使開學了,校園裡仍濃郁著慵倦的氣氛。

我們從女舍門口出發。你手持塑膠袋。你捧讀野植圖冊。你提握鏟具。你也許正搓紅掌心,臉上猶帶憨笑。

天好冷,可我們有出遊的興奮。你提議喝點咖啡。合作社僅剩一瓶碳燒咖啡。你拿咖啡罐輪番熱炙我們的臉,像突發的吻,誰的心火燙了起來。我們依序啜飲。拉環口有你慣嚼的爽喉糖味、有你的黑人牙膏清甜、有你未乾的唇印。當時你是否和我一樣,瞬間想起學長姐描述在霧社冰寒的夜,三十多個同期輪流啃咬僅存的一粒蘋果。每回我想及那顆疊印三十枚齒印的蘋果,以及這罐口透映五只唇印的咖啡,心中的什麼遂逐漸崩落。

事後你也坦承當天心裡的悸動。

我們來到莫愁湖畔。記得你觸撫火炭母草的模樣。葉寬卵狀的火炭母草在你掌中，像吸飽墨水的羽毛筆。你以掌乾洗後立即嚼食。酸的，你說。你還說，有人曾取鮮葉焙烤敷於病眼而癒；有人以葉和蛋汁煎食，止痢去皮膚風熱。

是真的嗎？還是一則草本神話。

原是一趟草本之旅。記得那晚學長姐全著上橘色制服，排成一列，臉上是我們既熟悉又陌生的嚴肅。二十七期學長喚我們領通知單。他慣睥睨著學弟妹，像沉默的點閱，隨後以威厲口吻說，「這是各位的校內驗收通知單，」他字字斟酌，強調，「驗收，是我們社團相當重要的活動，主要驗收幾個月來各位的學習狀況……」他嚥了嚥唾沫，但仍板著冷臉，「通過驗收，各位才能正式成為我們的一員。」

正式成為我們的一員。學長說及此，臉膛頓綻榮光。

當時我們二十九期見習五人哆嗦著。社團裡嚴格的學長姐制、軍事化管理令我們發顫。清晨或放課後，大夥須跑操場十數圈鍛鍊體魄。在風大的宿舍後高唱「中國的駱駝」。在夜深的空教室內演練團康。於系館裡推活動流程的當兒，誰和誰狠話衝口、瞪眼咬牙。在夜曠的營火場上，學長厲聲怒斥，因誰的裝備不齊全；不是手電筒缺了電池、睡袋忘了防潮、雨衣不知塞至何處，便是未於一分鐘內將所有拓荒、野炊器具整妥。

曾有過離開的念頭。

繞至莫愁湖附近的石椅旁，你劇起車前草，一種性喜群聚的植物。車前草霸據了一方領地。事後想起，我們實具車前草的霸氣性格。那次約吃羊肉爐，一來就是三十多人，浩浩隊伍盤了店面幾大圓桌。夜已深，一夥人仍沸沸揚揚，湯湯碗碗，有大碗喝酒、大口啖肉的豪獷。你一向喜歡如此，有酒有肉，灌酒若飲水，每逢送舊一向為同期擋酒。可我們畢業那年，你在KTV包廂裡卻意外地醉了，唱完那支情歌哇地哭了、吐了，傾跌在我懷裡，我慌措不知如何安慰你。分手後的你的堅強防衛終於潰堤，我心疼頻撫你急促起伏的肩背，方知表面無謂的你竟如脆弱雛鳥。當時你的喉核是苦的罷，正如車前草難嚥的苦。每當我細撫藥用車前，於腦際醒甦的並非《毛詩草木魚蟲疏》裡的「此草好生道邊及牛馬中，故有車前、當道、馬舄、牛遺之名」，也並非歐陽修患急性痢疾，皇室御醫皆不能治，歐陽夫人求走方醫藥一帖，服用後即癒，此奇藥便是車前研粉所得……

而是，是你的寂寞。

車前又稱蛤蟆衣，我說。蛤蟆性喜藏伏於車前下，因此長江下游有此一稱。

真的嗎？你問。

就當作是則草本神話罷。

於是他們笑了，因我和你合力拉扒假吐金菊的逗趣模樣。袖珍的假吐金菊狀類蒝荽，米小米小的綠手掌繁殖力強，披針形苞片圍繞瘦果，像我們插翅的夢。凡有土之地，便列入假吐金菊的流浪地圖範圍，他們不適合形單影隻地孤旅，而是吆夥呼伴團遊，像極了我們的寫照。那年校內野營，我們組成一支人數不少的隊伍直闖鐵嶺，三天下來的拓荒、攀岩、垂降、營火、野炊、溯溪活動，為你我熏染特殊體臭，甚至學長津津樂道出隊十幾天沒洗澡的「光榮事蹟」。不過誰也沒嫌誰，小小的營帳疊擠男女數人，誰的腳丫貼涼誰的頰頸，誰的鼾聲伴著誰的夢囈。記得嗎？回程我們在內灣火車站前，一人一棍枝仔冰，嘻笑貪舔，那時周遭蒼蠅圍繞，真不知是你的腥還是冰的甜誘來嗡嗡蠅軍。我們霸了整節車廂，汗臭，囂嚷，十足流氓氣，他人紛紛避走，唯恐體臭的集體施暴，或因大夥個個裝備如小兒體型，旁人懼怕無辜遭撞。我們早慣於路人的疑惑眼光，就像那回野營，每小隊還拎雞籠、抱雞登車，雞嘈人喧，狀似進城的鄉巴佬。

你以十多斤重的登山背包為枕，沉沉睡了，薄唇微張流淌涎唾，怎麼看也絕非二十一歲的臉，分明是稚童的表情。難怪你在湖邊宰雞拔毛時慌措又極為憨趣。雞血滲進陽光閃跳的溪水中，你看得出神。

正如你流眄圖書館四周的台灣蒲公英。不同於西洋蒲公英的抽拔身長，台灣蒲公英較貼臥土地，像紉於綠氈上的金戒指。可我們著實無法分辨黃鵪菜、兔兒菜的

差別，都是一逕地嫩黃，宛若你持鏡折濾陽光。當我們深入桶后山區，路旁也是類似的黃。放肆的嫩黃正輕擊我們的窗玻璃。你旋下車窗，涼風和隱約的泉聲淌了進來。

桶后的那年盛夏。我們潛入沁泓溪底。抓魚。泳戲。曬陽。然後暴雨無預期地降臨。大夥拎鍋扛帳，狼狽涉渡滔湧漲溪，淼淼雨瀑令我睜不開眼，你渾身淋漓卻尖聲嚎呼。事後你說未曾如此亢奮。當雨沿你髮絲串滴；當你用以護身的姑婆芋被雨茅完全攻塌；當你的白T恤全被雨光蝕透；當我們像敗兵搶糧搆器、連連撤退至高處、更往深山瞎探之際，腦中死亡陰影突如洞開的穴又立即滅疾，繼之而起的是雨鞭在身上的受虐驕傲。

正如澎湖的那場風颱，我們幾乎不要命地於豪雨公路飆車，我環攬你腰，既感濕冷又覺火熱，實有亡命天涯的錯謬感。

我們終覓一處乾地，此時聽見遠遠的山崩撼聲。我們就著濕柴燃起的微火取暖，或靠著誰的體溫補給。誰再也睡不著了，臨時的麻將桌鋪將開來，卡式爐上的一鍋湯麵即將滾沸，你的蛇麵棍也好不容易焦熟了，我聽著雨聲、搓牌聲、吆喝聲、烤火滋滋聲或誰酒後的悄悄話做了個混亂、濕霉的夢，於即將破曉的桶后。

我們衝入澎湖馬公市區的7-eleven，像是亮出「強盜執照」般地抄掠泡麵、可樂、啤酒、爆米花、熱狗、甜筒、撲克牌，濕答答地闖進Giordano選購我們的「期服」。你我脫去沉重濕衣（弄得店內遍布水漬，你還不忘逗誘漂亮店員），套上乾爽紅色短T恤，孰料回旅社的途中又遇暴雨一陣。

隔天的桶后放晴，我們踅至原初紮營的溪畔，意外發現昨晚忘了攜走的三五粒西瓜已順水飄流，撞石裂成數塊。你我各拾西瓜皮，吸吮凍透的瓜肉。此時，陽光裂在你的臂膀、裂在汪紅的瓜肉上。

冒雨衝回市區旅社。從窗口望去，颱風籠罩的澎湖有灰樸的美。我們數人擠臥單人床無聊地盯看電視，然後你又不覺睏去，爆米花沾黏你的胸口、髮髭，和你第一天曬黑的臉膛。

陽光溫柔。沿莫愁湖旁的濬溝，你發現密綠的蕨。你無法辨識究竟是小毛蕨或傅氏鳳尾蕨。究竟是金星蕨科抑或鳳尾蕨科。究竟是根莖長匍匐狀，葉疏生，二回羽狀裂葉；抑或根莖短而斜上，被有鱗片，呈卵形或長橢圓狀卵形。僅知手裡的多年生草本植物日日夜夜細立於溝渠聽流水淺唱。你告訴我那年隆冬初識的蕨名。你和他分入同一營隊。你倆拓入深深僻林，於蜿蜒羊徑轉口設站。野植站。為提高趣味，他以誇張肢體動作擬態各色植物，供學員猜度。咬人貓。颱風草。雷公根。鼠麴草。你從學員發亮的眼瞳中初見且深深著迷於他的精湛表演。他平素嚴肅寡言，

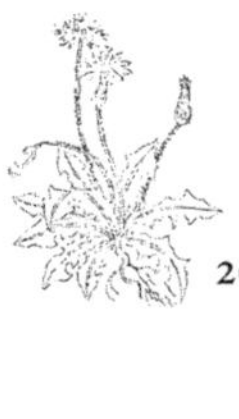

一旦現身舞台便完全變了樣。逗趣，迷人，甚至有磨鈍銳角後的可愛。然後你知道腎蕨——根莖短，葉叢生，一回羽狀複葉，圓形孢子囊，具腎形般的苞膜——當學員腳步聲杳，他的擁抱像盛夏午後的驟雨，暴烈而急突，猝然纏捲你腰背，你來不及或不願躲閃，出隊近兩週的壓力、抑鬱和倦挫瞬從眼眶泪潰，朦朧瞥見他顫晃晃貼在你胸前的草本植物。鮮得幾可掐出水的腎蕨。

文學院舊館旁的一方草地，我們同時發現龍葵和蛇莓。龍葵的黑圓漿果，台語呼之「黑甜仔」。龍葵結子正圓，數顆同綴，其味酸。我看你一連呑入幾朵黑色音符，卻皺眉唱不出悅耳旋律。

黃的紅的生命於你的鼻尖靜靜活著。誰也不忍摘落蛇莓，圓小身體黏附紅粒聚合果，每一果粒彷彿都蘊藏一個關於味覺、嗅覺、視覺的故事。誰也不願折拗蛇莓的黃花，苞片狀的副萼片兜覆於花萼之外，正面宛若微型的旋轉木馬，每一蕊都似一圈坐騎，也許風輕哼，花瓣亮台便叮咚啟駛。

你唱了起來。

每回跑完操場，我們唱歌。十多人聚攏著傳看三兩冊歌本，隨學長的吉他伴奏哼唱。每場會議結束前，我們唱歌。會中的嚴肅和情緒融化於彼此笑著清唱的旋律裡。甄選的擺攤桌前，我們唱歌。原初欲藉此吸引新生駐足，卻招來他人異樣眼光和竊竊笑語，可大夥唱得來勁，即使扯破喉嚨、荒腔走調，一旦我們之中有誰起音，其餘便迅速加入匯成一首快樂的歌。

可那晚甄選行前會的「每會一歌」結束，我儲存的快樂資糧卻瞬被掏空。

冗長會議是我們生命中永不歇止的雨季。

身為總召的我面對學長姐的質問，關於雨備、人員配置、器材規劃、晚會第十三小隊的演練……問題唧續問題，即使那晚你陪我熬夜推敲流程，摩繪活動地圖，揣度並彌縫可能的提問、露綻，可當我面對他們的咄咄、交鋒及不耐，我已失去控制會議和眼淚的自信、能力……

於是你在我耳畔低聲哼著——

你曾迷惑地詢問我，真心的付出能夠傻多久……

營火場石椅後大量的麵包樹落葉。你不意踏過，聽來聲音淒清。

曾有過離開的念頭。

可我們依舊留下來了。

傻的。

我們以「五傻」自居。我們是快樂的傻子。

不知為何而堅持，堅持至最終才知為何。

學長姐們如此叮囑。我們亦以此鼓勵學弟妹。

可你說你始終不懂。

驗收的內容令我們摸不著頭緒。驗收條目洋洋十多項。繩結，生火，急救，執掌，工程，野外求生，野植……我們從學長手中接過通知單，像接捧炙手火種。「你們是同期，必須互相教學，屆時一人不會，全體受罰。」學長強調。我們原是不情願地借閱圖鑑，依序尋辨校內野植，孰料這回的草本之旅卻意外拉近彼此的距離。我發現你幽默，拙稚，良善。

始終戀著你的幽默，拙稚，良善。即使我們曾為活動流程拍桌跳腳，曾為如何帶領學弟妹等事怒顏相對，曾明瞭彼此的默契但仍無可避免私釀對對方的不滿，曾因獨撐活動細節而你逍遙至別處而氣結……

你在夜裡的帳內搎尋眼鏡、手電筒還是什麼的，卻不意探觸我的手。頓時我想及我溯溪險些跌跤，如果當時沒有你立即鉗緊我手。想及帶團康的我冷在台上，如果沒有你前來補鍋暖場。想及操作垂降，負責放人的你盯看我眼，替我檢查繩結、扣妥勾環，如果那一眼、那一金屬扣擊聲示意著信賴。

想及活動結束後我們五人深長的擁抱，如果時間就此暫停。

我似乎懂了。

然後笑了。看你徒手挖起綠油油的白菜並招搖炫示，我們真不知該立即喊你還是撇下你逃跑。傻的。你闖進他人的菜園而不知，自以為發現什麼野植新品種，瞧你盈握白菜比對植物圖鑑的專心模樣，我們笑了。就像那回演練甄選「三堂」，你佯裝學弟妹成為我們「訓斥」的實驗品，學長要你開燈，你傻的竟錯摁風扇開關，頓時我們被莫名的風吹得笑岔了氣。

你總在狀況外。這正是為何我擔心你隻身去法國的原因。你儉省拚力攢足旅費，毅然從研究所休學。我要去法國。你的理由向來即興，方向卻異常堅篤，當我們正與論文、工作做疲重交戰，你提起輕量行囊和靈魂，我要去法國。你有我們羨戀的無謂，勇氣，灑脱。關於吃住細節你未曾悉心規劃，正如每回我們為活動設計、活動曲線、對學弟妹的態度等問題分寸計較時，你常顯恍惚，也許心緒早已幾番飛迴地圖上的城鄉漠洋了。

我以數鏢鬼針擊襲你，你的心神才迫降於現實當下。你露出小小奸笑，從簇簇大花咸豐草中搜拔鬼針。宵夜街的一條岔路旁，大花咸豐盛開得像八月熾陽。看你備妥大批「武器」，我急步穿過腸徑，孰料褲腳已先暗暗吃進鬼針無數。鬼針上方具三條逆刺的宿存萼片，眨眼間你我的毛衣早鏢影幢幢。我們笑笑地棄械休兵，坐臥互為對方抽鏢。

鬼針，生池畔，方莖，葉有椏，子作釵角，著人衣如針，北人謂之鬼針，南人謂之鬼釵。

鬼釵。鬼釵，你說，鬼釵的名起得好聽。

昭和也好聽，你說。日據時代大正昭和之交，因此物歸化至台灣，故有昭和草之名。通過這株植物的眼；你漫想著，所見的街景是安靜的罷，是蟄伏著血腥風雨的安靜罷，於是你想，也許哪天這株草的名將更廢，像凱達格蘭大道的易名革命，可你偏愛「昭——和」兩字的音韻疊和。想及昭和二字，你忒怪心中產萌好感，想及日語說得軟綿好聽的鄰居奶奶的素絹和服；想及她花白團髻上的紫釵，想及她手製的花壽司……其中沒有意識型態的轇轕，你忙解釋，垂頭無語扭出鬼針。

記得詩人筆下的昭和草麼？

我已站成蔗田收割後的一片昭和草；全年盛開的橘紅小花，都是我望向地平線後低垂的眼睛。我的二十五歲也飄過小溪、水田、學堂，落腳到您家牆角，結滿白花花的瘦果。

而你，橘紅髮，綠毛衣，二十五歲的沉默。當時我覺你分明擬態昭和草——頭狀花紅褐，莖葉柔軟，花序彎曲下垂——而你圍巾上的白絨球綴飾，竟也是昭和花開後迸裂的乾燥白色冠毛，細毫飛飛，飛飛，會飛駐法國南方的你的窗口麼？

從宿舍窗台眺去，紫花藿香薊和紫背草於微風中搖綴著。前者密生的頭狀花像啦啦隊的綵球，群綻成無聲的熱鬧。後者長長的綠色總苞緊縛紫鬚，則像半套於綠塑膠袋內的小撮綵球。

記得嗎？那年營火會結束後的守燼，你築起的小小暖火有紫背草的含蓄。籌備營火會的過程同時也焚耗你的初衷。

冗長會議是我們生命中炙人且窒人的焚風。

重複卻難以避免的詢問，爭辯，倦怒。

學長姐交予我們具象徵價值的歌本，在四處散著紫花藿香薊般的星火的營火場。他們為我們穿上具認同意義的橘色制服，在即將破曉的灰濛濛中大湖池畔。

正式成為我們的一員。學長話語未落，你兩頰有驕傲的淚。

你穿上制服，你策劃活動細心且具巧思，一手好字好畫是咱們的美工台柱。你繪製的歌單已是咱們社團的傳家寶，即使當次活動你未露臉，那象徵你「堅持到底」精神的永不斑駁的歌單卻已替你出席了。

你穿上制服，你帶團康、旅遊時眼中閃出輝芒，舞台是為你而設的。我們成為驗收主辦期的那天清晨，你佯裝惱怒實則為其後的「剉冰舞」暖身，你愈是認真扮演，我們愈是咬唇忍笑。

你穿上制服，你看似迷糊但帶領學弟妹實有一套，快樂訴求和蜜糖笑容擄獲大夥的心。你從熱舞社習得的本領更成為咱們帶動唱、熱舞表演的最佳顧問。

你穿上制服，你在第十三小隊表演中熟極而流地背誦嚕史，而後接任校內大哥的角色。你總事前著急「大哥講話」的內容，屆時卻能掰出一番知感交融的講詞，為感動得一把鼻涕一把淚的學弟妹披上制服。

我始終戀著你的迷糊，沉默，驕傲。

我們約好驗收結束當天飆去KTV點唱張惠妹的「解脱」以資慶祝，即使驗收的過程像一場暴政，可我們早已練就苦中尋樂的本事。記得吧，學長罰咱們跑操場的途中，你我強憋的笑意終於爆洩；我倆操作山訓時，單是雙套結已磨繞了近乎半個鐘頭；驗收生火你直奔事先藏柴的所在，反給學長一個靈感，「既然準備這麼多柴就搭個小型營火吧」；背嚕史你我七拼八湊仍攏不齊正確的版本，你接續我的話尾，就像那天我接過你的咖啡咕嚕灌下，就像三階急行軍我接來你的沾水毛巾，吮著咖啡、餘水和你溫熱的唇印。

我們沒唱「解脫」，倒唱了「橘情」。

一樣的日子裡卻有不一樣的心情，你說山上的陽光和笑語都無法表達你的感情……

曼陀羅。風信子。桔梗蘭。閔茶。原來你的名藏有植物的基因。妄想科，暴走屬。蔓性多年生草本。全株具少許傻楞毛茸。葉緣呈稚拙鋸齒。匍匐群生。花序聚斂狀。花冠五裂。雄蕊二枚雌穗三枚。花橘紅色。漿果心形或微笑形。向陽。適應力強。平地，僻野，深山，溪溝，徑道無一處不見。遇草食動物襲擊時有葉閉等「裝死」反應，隨時進入休眠狀態，殊為奇觀。莖梗汁液具忘憂療效。

沒忘吧？在那年二月。

曾有過離開的念頭，我說。

可我們依舊留下來了，你說。

然後你輕哼，猶晃著手裡的假吐金菊、蒲公英、車前草還是紫花藿香薊——

Lu La La La Lu La La，我們曾在這裡，回眸時不禁想起你純純的笑語……

Lu La La La Lu La La，不會忘記，眼底模糊是你抹不去的淚滴……

而我始終戀著你。

——謹以此文獻給最愛的「中央嚕啦啦」，以及永遠的「嚕二九五傻」

藥罐子

作客

獨活

【本草綱目】用於傷風頭痛，
腰膝風濕痹痛。

【藥罐綱目】碾磨製醬後集體服用，
有助於族群融合。

電視正播放台語連續劇，蔡阿婆的孫子大寶、小寶捧碗公吃麵，曾孫在一旁逗弄大黃狗。我和蔡阿婆的兒子、媳婦，在客廳一隅分工製作桔醬。幾只面盆，幾張板凳，組成小小生產線。阿婆與大兒子持尖刀剜去蒂頭，輕畫桔腹，後將桔子傳予長媳、么兒，他倆以指頭按壓桔身，籽兒便從切口彈出。我和三媳負責分離果、皮、肉，剔除殘留桔籽，皮擲入深桶，果肉置於淺盆。擠壓桔身、分離果肉皆在篩盆上進行，下以木桶承接，收取汁液。滴滴答答，如簷邊雨。

上游至下游的微型生產線，桔香、聲響於空氣中遊走。一家子的話題枝枝蔓蔓。從桔子出發，牽扯至食量大的孫子，不愛讀書但很聽話的曾孫，泰國經商的兒孫近況，誰誰的女兒嫁人要記得包禮，再來是曬被、做醬菜、歲末掃除、購年貨，最末又回到桔子。阿婆突然想起什麼，唷一聲，起身進廚房，一會兒，兩手提幾大袋，對我微笑，「轉時（客語「回家」之意）記得帶。」細看，袋裡滿是蕃茄、蕃薯葉、高麗菜，我點點頭，「按子謝（謝謝）——」話尾未落，她在杯內添茶，熱騰騰端上，煙霧撲面，隱不住縱錯皺紋。

拜訪蔡家是有原因的。這學期選修「報導文學」課，須選題材進行深度採訪、撰寫，作為期末報告。同學選擇二二八事件受難家族、抗日戰爭要角等題材，兼具深廣度，有探討價值。相較之下，我的主題——客家媳婦蔡阿婆製桔醬紀實——則稍顯單薄。內心掙扎，桔醬僅是食物，且蔡阿婆亦非歷史上關鍵人物，非受難者、見證者，她只是外婆的表親，居新竹關西，按時節種菜，製醬、菜脯或鹹菜乾。但我也想，或可藉由阿婆談客家美食，進一步談客家文化，包括他們勤儉、堅忍美德，採茶，唱山歌……

這就是你以為的「客家文化內涵」？心底某部分質疑著。

「按獎──（漂亮）」面對數簍桔子，阿婆笑瞇眼。我喜歡聽阿婆說客語，她說「按獎」，總拉長尾音，略帶微微鼻音，似小女孩同母親撒嬌。多次向熟識的桔農購桔，不曾如此回桔子，飽滿，橙黃，阿婆開心極了，難怪下午一家子開車至石門水庫賞遊途中，她不時叨唸方送來的新鮮桔子，欲趕回家製作。

晚餐時刻，媳婦在廚房忙著，隨即端出幾樣客家菜。燜筍，白斬雞，客家小炒，苦瓜炒鹹蛋和蘿蔔排骨湯，簡單家常味，每道佳餚油滑質軟，阿婆在我碗內猛添菜肉，吃得我一嘴油亮。地道客家菜總是油膩，一來是客家人尚儉，保存宰雞所得幾碗油，用以滷筍或煮排骨湯，甚有幾道菜被油漬浸沒。近幾年飲食倡低脂、低鹽，此風竟也吹進部分客家餐館，健康有餘，卻食之乏味，仍吸引大批外地客。蔡婆年近八十，飲食少有禁忌，看她夾起滴油的三層肉，喜孜孜送入口中，「莫打爽（別浪費）！」彷彿她正咀嚼人生，有滋有味。

餐後稍做休息，阿婆排好座位，製醬的列陣。阿婆動作熟稔而緩，掌中的桔從完整至碎爛，臉膛始終精神，喜悅如光源擴散，像參透生命底層。我拿起相機，企圖收攝小生產線的自足，悅樂。阿婆的眼瞳位於鏡頭正中，歲月的顏色，但按下快門瞬間，什麼正逐漸褪失，真樸生命流溢邊框。這裡，彷彿時間河套，速度緩緩沉積，掏洗物慾殘渣。安靜，平和，聽不見近來政界過度渲染的紛擾與激情。我時而加入勞動，時而勤做筆記，記錄和諧片刻。原根據書籍所擬定的問題，當時卻不想發問。樸質畫面蘊生勃勃能量，如水填壑，無聲消解答案。頓時發現，呵，關於那些疑問——桔子何時採收、如何自製；人製桔醬是否因工廠機械量產而面臨危機；進一步來看，客家文化在閩台勢力擴張下，是否正逐步萎縮——似乎沒必要探問。

然而，仍有困惑，是成長過程中，無人能解的疑慮，非關升學，就業，愛情。長久，我以為，讓這些疑惑，維持線頭樣態，不抽絲剝繭，生命仍完密無縫隙，或令它們，生成蒲公英，真空，無風，便無處飛展。

直到遇見蔡阿婆。

她年輕嫁入蔡家，習得客語、客家菜烹食，對菜蔬存敏銳嗅覺，循農民曆製鹹菜甕、桔醬、糕粄，後將這份私藏傳承兒子媳婦，但亦不吝與鄰人分享，逢桔子盛產期，她邀鄰婦幫忙，互換街坊里巷新聞，桔醬製成，廣為分送，以桔香結緣。我初次拜訪，未至製桔期，無法親見勞動過程，僅同阿婆、母親至附近產桔處閒逛。母親是我的隨身翻譯，將國語轉換客語，成為我和阿婆的溝通中介。

我父母從小成長於客家村莊，皆熟客語，但我幼時並未試說客語，家人彼此仍以國語溝通，當時僅懂幾句簡單客語。腦際猶存兒時的鮮明印象：父母低聲商量私事，但顧忌我和妹妹在場，便說客語，像層膜區隔孩子好奇的探聽。待我年歲日增，知曉大部分客語，此慣例仍未變易，若我在場，父母與長輩談要事，總不自覺更換語態。會聽，不等於能說，幾回我決意習客語，竟覺拗口，又因內心認定英、日語更為重要，便又疏遠、放棄。

於是我的客語，始終徘徊於幾句間，然當我身處群體，他們操台語，表示親暱與認同時，我以客家人自居，作為不諳台語的正當理由。

近來，習客語如燃眉迫事，並非欲藉此語言利器，企圖從長輩身上，取得珍貴的歷史片段；亦非當他人詢問「你是什麼人」時，可以客語流利對應，而是，超越功利性質的焦慮、情感認同，點點復甦。過去，我如此愚稚，竟以不諳客語為傲。當時同學多以國、台語和家人對話，偶爾我暗記數句台語，以防大夥用台語聊笑，值精彩處，我忘了配合地哈哈大笑，同時練得幾句，以備隨時融入他們。高中住校，同學排隊等打電話回家，偶爾，聽見一位女同學對聽筒講客語。在家以外之處聽聞客語，忽感唐突，熟悉又陌生的音調，像小丑刻意裝腔，令我發噱。

電話中，母親轉告阿婆，我想撰寫桔醬一事，她率真笑著。我接過電話，彆扭地以客語打招呼，便轉以國語發問。阿婆稍通國語，能聽不善言，恐我不懂其意涵，以國語拼湊句子，略顯吃力。對話往返中，幾回，客語在我舌尖顫動，但不知為何，終究無法自然脫口。那次訪談耗時疲憊，因兩種語言的轉換機制出狀況，國語、客語像兩條平行軌道，我難以跨越距離，那是成長過程中教育空缺的慣性。隨年歲增長，經自我催眠的意識列車，以重力加速度前進，轟隆轟隆駛過難以細數的日子。

「你是哪裡人？」小學老師指黑板上的掛圖。中國大陸，美麗秋海棠，我們的同胞，在共匪統治下，過著水深火熱的生活，你們要好好唸書，將來報效國家，反攻大陸。

「是閩南人的舉手？」班上一大票同學伸直手臂。「好，那麼你們的祖先，就是從這裡來的。」老師持紅粉筆，在掛圖上圈出一塊，大字映入眼簾——福建。隨後以藍粉筆，緩緩區隔疆界，「廣東，客家人就是從這兒來的。」

書包裡的社會課本，微型的歷史重量，壓上小小肩頭。放學路途，父母的話於耳畔奏鳴：我們是福建人，應說閩南語，自曾祖父遷居龍潭，受環境影響，因此慣說客語。「說客語的閩人，你就這麼跟老師說。」但我扯謊，年紀小卻模糊感受多數決的權力，當班上大部分同學表示家中說台語時，我怯怯舉手，隨即莫名漲滿優越感，進而和他們一同捉弄那位眼大、皮膚黝黑、常繳不出學費的原住民同學，非洲人，哈，像難民一樣……

單純的年代，我們接受歷史簡化、亂碼版的中小學義務教育。國立編譯館與真實同義，老師不容質疑。週會校長演講，聽見已故總統稱號，稍息當中，須即時立正。偽變後的歷史，有時卻提供某種保護，孩子不因真相的醜惡，矯情，感到受侮，難堪。然而，流言像難禁的黨外雜誌，偶爾傳遞於孩童的口耳之間。一向受寵的模範生，或群體裡囂張的惡霸，突然不再具威權，當嗡嗡謠言取得合法證明，孩子向他們丟石頭，「我爸說你們才是逃難來的，滾回去！」沒有大人世界裡的煙硝，我們生活照常，只是，鉛筆被偷裙子被掀作業簿被撕爛的倒楣鬼，輪別人頂替罷了。

省籍對立，大中國情結，政治正確，新台灣人，統獨之爭。多年後，我從傳媒、書籍中讀到若干難以理解的詞彙。對某些人而言，這些或許僅是宣傳口號或學術用語，但對當時懵懂無知的幼童來說，是否形成了，羽量的殘酷。

即使力道輕微，仍造成傷害，像薄紙邊緣暗藏的鋒利，轉瞬割裂，觸目驚心的腥紅。堂妹的男友世居台南，為與他家人共處，勤練台語。某次聚餐，對方長輩提起友朋，數落此人少宴客瑣事，歸究根本，乃客家人「寒酸，吝嗇」之故，堂妹因此不承認自己的身分，當著父母的面，她解釋，我們講客語，但非客家人，由於曾祖父的關係……

溯源生命，找尋渡海重洋蹤跡。殖民時代已遠，租界、屬地消失，殺戮、霸權風乾成頁岩。然而何時，海洋，山脈，河流不再是天然屏障，地表隆起隱形疆界，種族，省籍，統獨，膚色，語言，性別，密密分割，在島與陸之間。

地圖上，台灣面積小如花生米，彷彿一不小心，遂從紙面飄落。或許，長大意謂著隱私權的逐步龜縮，不再被允許一手啃指甲、一手揣洋娃娃，咬不清的模糊童音：「我不知道——」他們主觀灌輸你關於家國、鄉土、政治認知，儘管並非選舉期間，仍逼你表態，要你透明地展列身世。

「你哪裡人？」

「中國人。」

「中國大陸？」

「我是台灣人。」

「你講台灣話嗎?」

「我是客家人。」

「你是台灣人，要會講台灣話啊!要不然……」

天熱，無風。關西僻靜山區，卻鎮日透著陰涼。蔡阿婆領我們攀上坡地，路稍陡，她雙手背在身後，不持杖，不須攙扶，當我面紅氣喘，她仍氣定神閒。不久，已可見近處桔樹。到達桔園，略感失望，不同於書籍刊載的資料照片，既無綠蓬蓬的盎然，桔仔也瘦癟無澤，也許尚未至桔子成熟期吧!我匆匆拍攝數張，心想應說服擅攝影的朋友同來，他定可取得最佳角度、光影，後以柔焦處理，將這了無生氣的桔園，變成結實纍纍的景象。

阿婆湊近桔樹嗅聞，輕搓揉葉片，掌心掠過一粒粒桔仔，眼神流露淡淡柔和。數秒內，她專注看著，一語未發。天然、素樸的題材，簡單的畫面、敘述。瞬間，內心撼動，我不忍發聲破壞這簡短的詩，或俳句。此刻，我產生模糊錯覺，以為阿婆與桔樹之間，正進行接近通靈的對話。那是生命裸露的觸碰，捨棄語法、句構、發音種種形式，剝除意識型態，超越文字障礙，歷史歸零，相信平等，學習接納，彼此間沒有強弱、主從，唯有生命對生命的，溝通。

離開桔園，抄捷徑下山，忽逢遊覽人群，不時可見路旁賣冷飲、茶葉蛋、臭豆腐的流動攤販。阿婆說，近幾年蓋公路，沿路山區開發快，附近居民藉機生財，除了擺攤，也在路口設牌，寫著「健康步道」、「森林浴」招攬遊客，每至假日，遊覽車沿路停放，人潮帶來喧鬧與髒亂。阿婆默默撿拾零散的保特瓶、塑膠袋，或收攏被拔根隨後扔棄的花草，我見狀隨口咒著，她只是笑笑。

「總是客人。」淡淡一句。

晚間新聞，電視播送立委互扯互罵的畫面，為連署罷免總統、核四存廢或失業率、自殺率不斷攀升的數據；被各家媒體麥克風層層包圍、頭放大特寫的政黨龍頭，正對著另一陣營放話；兩政黨首領，面帶笑容，握手，拍肩，人頭、攝影機、麥克風堆疊畫面，儘管主角已消失在門後，他們「秘密」商談的畫面，卻斷斷續續曝白至觀眾眼前；新聞媒體扯出總統府高層權力鬥爭及緋聞案，兩廂記者會，發言人振振有詞，他們濃粧、武裝面容，看不見所謂的表情。我們因新聞分神，停止手邊工作。阿婆仍低頭忙碌，喃喃一聲「按鬧熱——」，像為荒謬的政壇影劇下註，卻無看熱鬧的興奮，聲調中沒有控訴，批判，嘲弄。

新聞插播。塑膠工廠大火，延燒幾棟民房，一戶約七十歲的老婦獲救，卻目睹兒媳幼孫喪命。新聞記者追至老婦跟前，一手麥克風，請問，你現在心情如何？鏡頭特寫老婦的臉，也許想捕捉瞬間潰堤的情感，痛哭或昏厥，結果僅是，寫實皺紋，和擴大的茫然。

或許，我也曾執意從老一輩人口中，搜尋答案，那不純粹是求證過程，而是主觀設定題目，預想結果，後經反覆詰問，為貼近事實，為點燃他們撫摸傷痕的情緒，儘管滴淚、閉眼，甚至沉默地捏拳，皆是言語之外，無形卻最有力的證物。他們也許並不瞭解，所謂的過度詮釋或影像渲染，經套色、定格、背景音樂或文字旁白處理後的臉容，竟煥發金屬光彩，是幾經自然生命、商業包裝、影音加工折射、再折射的冷光。

熟見的傳達模式，溝通的變形。語言往返，其中一方卻遭消音，單向傳遞，只見他頻動口卻無聲的畫面，滑稽獨腳戲。總想握有主控權，統攬，操縱，扭轉。語言成為利器，交鋒轉瞬，擦撞強光，看不真切。

於是，競選期間，平時說國語的政治人物，穿起夾克，戴鴨舌帽，面對鏡頭，句句台語，字字愛民；更不忘走訪客家村，呼籲全國同胞應秉持客家人的「硬頸」精神，或攀緣遠親，以客語感性道出：「我——也是客人。」

步出蔡阿婆家時，夜已深。背包裡，膠卷用盡，筆記塗滿。兩手提幾袋蔬果、桔醬，雖重，腳步卻輕盈。燈火歇息，鄰人的大黃狗貼地睡了。周遭寂靜，也許蟲群也進入夢鄉。路旁溝渠，淺水仍低唱。

也許，我們都是，客人。

藥罐子

權力，在制服口袋發芽

曼陀羅花

【本草綱目】八月開白花。解痙止痛，
並作麻藥。

【藥罐綱目】色白如制服，
用以麻痺幼童心智。

她緊握我手。熱切但掩不住的疲倦，從她鴨舌帽緣底的瞳眸閃綻。

我們維持那樣的姿態達半分鐘之久。

她問我，有投票權了嗎。我點頭。然後她從背心口袋掏現一張傳單，其上著休閒夾克的男人，露出職業笑容看我。

她說，我是某某的太太，拜託拜託，屆時請投他一票。

她走入鄰間商家。候選人的名字熨貼地印在背側。

傳單上的男人仍無疲態，微笑得恰到好處，眼神滿是善意。

我想起Y。Y那年轉來我班上也如此笑著。她坐進我身旁空了月餘的座位。記得導師曾私下囑我，別肆鬧擾她，避免麻煩。他壓低聲音，特將「麻——煩」兩字拖得老長，在課後的安靜教室內，蒼老嗓音裡有難得的威魄。

Y是那個學期的年級模範生。儘管她成績失調，人緣貧血。

她總於早自習結束後姍姍到來。不必參與升旗典禮。毋須灑掃教室、排桌椅、倒垃圾等例行服務。她常遲交作業、缺考。可導師對她異常親切，那只懸在黑板高處的藤鞭，未曾抽裂她皙嫩掌心。

好幾次，她從導師那兒攜回包裝精美的禮品。大盒四十八色彩筆。一打小天使香水鉛筆。結辮的各式彩帶。金髮藍眼的芭比娃娃。一雙豔紅舞鞋。全是我所夢寐之物。

儘管她成績排名倒數，她的書包仍像祈願連連的聖誕襪，倒映在我疑問含混歆羨的眼瞳。

我曾在學校圖書館轉角撞見她父親。那時她父親好嚴肅，不像現在我手中的競選傳單，露出親民、愛民的笑容。

她父親常於校務會議結束後，邀校長、教務長及幾位老師吃飯，Y偶也參與餐會。Y是這麼告訴我的。記得那天她面無表情、極不在乎地向我透露，隨即離開教室，消失在一輛黑色轎車前。

下午還要考數學呢。我許曾這麼不識大局地斥她。

那位自稱「我是他太太」的女人必定忘了我。

但那天她憤怒的模樣，在她說拜託拜託的瞬間，重新於我腦際明晰了起來。導師的憂慮，謹慎，以及那拉長音的「麻——煩」，彷若咒語又似預言，在靜而暗的教室裡，宿命地卜現我不可避免的災難。

她喧霸地中斷我們的教學。事實上，從促音疊疊的踏樓聲響起，導師的心或已從黑板惶惶移至鞋跟重音。當女人現身教室門口，導師早備妥了羔羊祭品。我聽見我的名字從咬緊的牙縫間彈出，然後在眾目睽睽下，對Y躬腰賠禮。

對不起，我錯了，請原諒我。

女人斂止暴怒，露出完美笑容。導師趁勢替全班上了堂公民課，楬櫫「知錯能改，善莫大焉」之類的道德要旨。而我，在截斷上下文脈絡的訊息真空中；在女人微笑、導師稱許、同學鼓掌的錯謬喜劇台上，胡亂誦完配給我的台詞，匆匆鞠躬下台。當時的我定茫然想著，Y作業簿背後塗畫的腥褻女體，以及填入空格的穢語粗言，究竟與我何干。

我和Y鬧翻的下午。

別以為你爸是立法委員就囂張，我脫口而出。頓時感覺全身血液沸騰激湧。長期以來，Y端坐我身邊卻距我迢遙的身影、繞她而行的關護衛星，以及覆她周身而我們都無法穿透的龐巨隔膜，瞬間嘩然崩裂。我甚至晃了晃小指頭，你爸、你爸不過是……我感覺腋下冷汗漬滲。我再度搖動小指，將各種形容鄙賤的隱喻具現於指頭，半嘲弄半威脅地厲聲強調，你爸，不過是……

你爸呢，你爸不過是蒙古大夫。

我記得導師詈斥的最後一句。即使多年後我已忘記她的眼神、聲調；我已忘記我們是在放課後的靜暗教室；我已忘記當時是否咬唇克制不掉眼淚，或僅漠然偏頭望向清冷操場的總總，但為何我清楚記得她的一字一句，宛若尖椿篤篤篤搥刺心底。

你爸，不過是蒙·古·大·夫。

當時的我正偏頭望向窗外。

落雨了，那尊青銅雕像仍手持書卷默立雨中。底座的「有教無類」四字遭歲月砥磨幾乎蝕滅。

你說，隨便拿花花草草給人治病，就是落後。這就是為什麼我不願看中醫的緣故。都是迷信。不發達，落後。像巫術，沒有科學根據。

我不知道當時站在那兒多久，但我明白這是導師責罵的套式。從「你實在是個壞孩子」起頭，話題跋涉重重山水，終止於「所以你沒有科學的頭腦」或「難怪你自然科考不及格」。

現今我偶爾夢見咄咄辯駁的自己。夢裡我又是十一歲的小學生，對著導師連珠炮地說，中醫亦秉持實事求是的科學精神，拿李時珍的《本草綱目》來說吧，李氏廣泛糾正舊書中荒誕迷信的說法，諸如服食水銀、雄黃即可成仙；蜘蛛血塗腳便可步行水上；「草子變魚」、「馬精入地變鎖陽」等謬誤。《本草綱目》綜合植物學、動物學、礦物學、化學、天文學、氣象學、解剖學、生理學、人類學等許多領域的科學知識，因此十九世紀英國著名生物學家達爾文曾於《人類的由來》一書中，稱《本草》為「中國古代的百科全書」……

可當時我將忿怨揑入拳中，完全緘默。不是懾於導師的威怒，也不是咒恨他的苛諷。在我沉默的一刻，喉頭泛湧苦澀，悲沮和妒羨雜錯。我不但無法立即還她具說服力及壓倒性的反擊，事實上導師主宰性強的話語幾乎動搖我的生命磐石，截斷哺育我的草藥家庭。父母於我幼時羅織的漢藥氈衣面臨綻線脫釦的危機。當時我亟欲扔棄導師鑑定為「沒有科學根據」的羞辱，質疑父母潛在的巫術性格。導師有意無意且反覆於課堂大論，由於思想的倒退，由於有些傳統落後的組織、行業仍久營難滅，我們學生的自然科永遠學不好，我們國家永遠不會強盛。

我想起M。

某天的午休時間。M慫恿我溜至校外。

我買洋娃娃給妳。M說。

M的父親是著名的婦產科醫師。我未見導師像贈Y禮品般地同嘉惠M，倒常見M不時分送同學文具、髮夾或洋娃娃。十一歲小女孩向同儕示好的稚拙方式。

我看見她從制服口袋遲遲掏現累疊百元鈔票。對當時的我們而言，這是極不可思議和妒羨之事。除了學期初繳學費外，我們不被允許私存百元鈔票。當你搖撼塑膠紅豬存錢筒，硬幣刷啦刷啦的聲響已夠你孵一窩溫熱滿足的憨夢。這或也是M人緣極佳的因素。她以那束色澤令人眩惑、氣味令人饞迷的紙幣，在教室內廓清其權力範圍，而我始終處於假想線之外。因此她的示好令我驚異，卻也怦然心動。

那只我渴盼的洋娃娃，既是夢寐的實踐又是友情橋樑的象徵，正躺臥我書包內。可我沒有絲毫欣悅。即使有，也止於擁洋娃娃入懷的剎那。這短暫的興奮不足以抵銷先前我所目睹的一切。

導師當然提到M的父親。

那是科學精神發揮至極的表現。

其中有金屬、儀器、試管既精微又複雜的辯證。

是一連串實驗、錘煉和考驗的歷程。

當導師滔滔言說之際，我的思緒飛向父親。

對導師而言，搗藥、針灸、煎藥的情狀及程序，像數則神話卷的脫頁和迻譯，和原始宗教具有相類的質地，與中國文學理論稟存同旨。望、聞、問、切的四診要理，陰、陽、表、裡、寒、熱、虛、實的八綱辯證，其中似有個人領略、外人難習的柔軟精竅。人體經絡譬似山水卷軸，咀嚼症候條目設若捧讀聲韻學，一切不成系統的理論皆可置入括弧內，允許存而不論，與西方科學脈絡逆道而行。

這正是為什麼妳的自然科成績遠不及M的原因。導師總結。

至聖先師在窗外淋雨。

我想及某天放學後繞回教室拿傘，S站在我現下的位置，導師依舊大聲訓斥。當時我從孔子像旁便已看見他們。距離和雨聲隔斷他們的音波敘事。從此處望去，導師開闔如鯉的嘴不再傳遞音息，取而代之的是雨點密密紡就的大片留白，大片沉默。我頓感荒唐想笑。導師平素撐脹的威嚴、權力，在大規模的沉默中無聲爆炸。當我立在孔像前，透過昔日校長、督察用以窺視老師、學生的透明玻璃窗所見的導師剪影，立體實感漸趨平面輕量，似乎經你吹彈，身影便縹緲無蹤。

然後是A。是K。是H。是T。是……

他們站在導師桌前，反覆從「你實在是個壞孩子」的山腳，顛簸抵達「難怪你自然科考不及格」的頂峰。路途漫漫，你離家好遠又好近。導師照例提及你父母，你恍似步入隱形的戶口名簿和身分證，行經父母普賤的職業欄，踏過身分註記上空的認同標籤，如果你在學校不自覺地講台語；像K，導師更成功地從你無數罪狀中取樣、示範「何謂羞恥心」、「何謂愛國」等貼在教室內的標語。途中，你跌破膝蓋、皮綻血流，終於忍淚不住、縱聲大哭，導師提前結束「愛的教育」，但不忘揪出你的自然科考卷，告訴你媽，這樣的成績不補不行……

雨停了，我看見映現窗玻璃的孱薄虹彩。

倘若那就是導師心目中的光譜。

不是紅、橙、黃、綠、藍、靛、紫的多彩。是二元對立的非黑即白。

許久之後我們聊起，方發覺當時的導師多半自營補習班。每周二至四次不等，課餘自費至導師家補習。學校課堂的教材版本和補習班有別，雖然皆由導師教授。期中、期末考前晚，補習班的「當日特餐」尤其美味。筆試當天，昨日模擬考和大考試題的相像度竟高達百分百。

如今，我們修教育學程的同學正為教育改革的課題通宵趕工。強調互動，自主。著眼動態、生活化。啟發是一種美德。填鴨式教育的時代過去了。

隔天，我們交出漂亮成績單。

同組成員用筆記型電腦、單槍投影秀出熬夜成果。網路介面。遊戲軟體。多媒體教學。我們以動態活動取代靜態教學，諸如家長陪同學生至百貨公司購物，數學題目結合消費活動。課外活動大幅度增加，實地訪覽各處，發揮「認識／親近台灣」、「教室自然／生態化」的精神。我們進一步將青少年文化包括手機、大頭貼、網咖等「這是一定要的啦」（流行廣告語）之商品納入人文、數理教育。

那天我從報紙民意論壇版面讀到某位家長的控訴。他說，我們教育改革的每一環節皆以金錢填砌。他說，貧富差距將成為新的教育門檻。他說，教育改革主張學生應從刻板僵化的教材中解脫，但為何孩子的書包愈背愈重。他說，以往孩子放課便自由玩耍，現在放學才是補習的開始。他說，這樣不僅無法遏止補習風氣，相反地，補習業將如大型影城蓬勃開張。他以自己孩子的實際教學為例。我看見他舉證歷歷，竟和我們在教育學程課堂的設計活動若合符節。我頻冒冷汗，然後恍悟我們這群「未來的老師們」——教育學程的教授的初次課堂開場白：「你們這群未來的老師們」，此時歪在座位的同學挺直腰板，頭頂聖光環繞——標榜廢除教育舊制，希冀創新教育藍圖，恐是教育某種程度的倒退。

也許，我們都忘了。

我們忘記站在導師桌前侷促不安的自己，忘了父母以擺地攤度日的S。

然後是單親家庭的A。是祖母靠老人津貼養活的K。是父母皆為水泥工的H。是家庭暴力犧牲品的T。是……

踏入導師的補習班。我看見Y，看見M。她倆端坐首排位置，微笑盯看導師，同時頻以紅筆圈畫導師所強調的重點。

以我未曾見過的專注神情。

我似乎懂了。

在學校教室裡，我們著同款制服，可你分明感受其中暗含的分類標準。貧富，依違，順逆。教育版的弱肉強食。違反自然演化的食物鏈。那群導師用關愛眼神餵養的同學；包括Y也包括M，他們穿著形而上的制服，制服口袋上方隱然繡紉導師手繪的心形徽章，作為導師的辨識系統，作為向同學誇耀的憑據。

「制服，是我們沒有選擇，指定給我們的；普遍性的肯定面對個體的脆弱。」

「不會生活的人便把自己緊束在制服的普遍性之中，一直繫到最後一個釦子，好像這個制服仍然是超驗性的最後遺跡，它能保護人抵禦未來的寒冷。那個未來中沒有任何可尊重。」

米蘭・昆德拉曾這麼說。

於是我穿上制服，一直繫到最頂端的鈕釦。

直到導師不再喚我至桌前，不再說你爸呢你爸不過是蒙古大夫；不再讓我孤單從「你實在是個壞孩子」踽行至「難怪你自然科考不及格」。Y的母親再度手持某人教壞Y的證物，我終可潛遁於集體沉默，由另一名沒穿「制服」的同學扮演認錯。

我將Y的父親的臉容順手摺進上衣口袋。

就像那晚將導師補習班的「當日特餐」摺入制服口袋。

制服口袋裡的一則寓言／預言。

你徹悟生命中不能承受、無可逃避的權力網絡，將以各種姿態、形式寄生於往後的言談舉止，隱然是公民課堂的無形滲透。你也終於明白，所有科目都是公民課的延伸，而所有公民課都是權力間接的萌塑及建構。那些你早該知曉的人性細節、那些你應該學習的人道關懷、那些突發的生命難題，或因不知該置入哪門學科而嚴重匱乏，以致你的認知始終發育不良；以致你生命餐盒中盛滿高脂、高醣的競爭零食，再也無法吸收靈糧的纖維補充。

當導師厲聲喚你至跟前，當他一屁股坐定資深的導師座位，像一株大樹根深柢固任誰永遠無法拔除，你悲涼又妒羨，你祈望離心力讓你保有透明、孤傲的靈魂，但你著實渴盼從邊緣游溯核心，被一種名曰「制服」的巨大溫情收編，像躲入母親潮暖華麗的子宮。

原來，制服的卡其布面、白衣藍裙是種保護色……

身體沉默，個人意識封口。緘默等同保護。

於是我始終不向任何人透露，關於年幼不經意的目睹。

Y曾於自然課上，向我展示她畫在自己作業簿的裸女。簡化且醜化的巨大乳房和性器填滿整頁，穢語圍繞裸女身旁。她嘻笑地，像不像台上那個老處女?

還有那個午休。

我買洋娃娃給你。M說。

天熱先去你家喝口水吧。M補上一句。

我看見M輕聲拉開我母親的抽屜。從雪白得刺眼的信封內抽出二兩張鈔票。匆匆將新鈔塞進上衣制服口袋那個最靠近「心」的地方。當她將鈔票遞給店員時，纖薄紙鈔頓如千斤頂重壓我胸口。

Y的母親緊握我雙手，我的思緒向過去拾荒並從中再生簡短問句。最終我仍將這沒頭沒尾的問句報廢、自我回收。

——你知道嗎我和你女兒國小同班她現在好不好……

——我當然會投伯父一票嘛……

當她鬆手，我還反覆咀嚼這些我說不出口的客套的、熱絡的贗語。

隨即想起，誰曾說Y高中肄業後便隨同兄姊赴美求學了。

我重新攤開Y的父親的臉容。

「主張教育改革，還給孩子自由藍天。」
赫然發現政見宣傳單上的這行小字。

藥罐子

解構妳虛頽的浪漫

安息香

【本草綱目】用於中風痰厥，中惡昏迷。

【藥罐綱目】用於妄想譫語，
神遊想像不返。

妳的文章，連同妳的e-mail，儲存在我的硬碟中已有一段時日了。我曾希望妳的mail能夠自己回覆自己，以細胞自行繁殖、分裂、溝通的方式。因為即使經過了一年半的時光，我仍然無法回覆妳在e-mail裡「為何中醫總予人落後之感」的提問。

「在討論東方時，東方完全缺席。」依然記得，當我讀到薩依德這段話時的內心撼震，即使他所指涉的「東方」和妳所處的「東方」並不相同。

我完全能體會妳的隱憂（抑或羞慚）。

如果妳記得那年夏天，妳母親朋友的朋友來訪。美國籍的大男生，輕簡行裝，隻身來台尋究他夢寐的「東方」（他問中國和台灣究竟有何差別）。二十歲，正是大量分泌理想與浪漫賀爾蒙的年紀。他極有禮貌地接過烏龍茶，優雅地持筷夾起妳外婆農曆年前打好的蘿蔔糕，興奮告訴妳他來台的目的，包括練太極拳、習「禪」習《易》，以及接觸盼慕已久的草藥。說起漢藥，他的興趣正如他的食慾（他已不知不覺呑下十七塊蘿蔔糕了）。不過後來他坦言，當初踏入妳家這間中藥店時，瞬間湧現的失望和失落感。

他實感詫異，當他知曉妳家位於車陣往來、人聲喧囂的市街上。他輕輕推開鋁門窗扇進入。人高馬大，幾個等待看病的小朋友立即噤聲，躲藏在父母身後，頻扯衣角。他們的父母也終止談話，好奇盯瞧這個金髮白皮膚的大男生。其中一名女人適時收回她好奇幾近失態的眼光，逼慫十歲的兒子向前問候練英文兼炫耀（她不無得意地將兒子的「何嘉仁兒童美語」提袋挪至顯眼處）。

可這位美國來的大男生勢必無心和眼前這畏縮的中國小鬼兜話，此刻他正陷入情緒失語的情境中。他開始懷疑自己走錯地方了，和他想像中的、書籍記載的景況大相逕庭。首先，日光燈管過分明亮，男女老少病患的毛細孔和雀斑清晰可見。光滑的磨石子地板、大理石桌，以及舒爽的空調設備，營造出銀行的小小氣派。走入調劑室，不意瞥見藥架上排列整齊的瓶罐，倘若他認得國字（他無法理解中文、華文、漢字、普通話的差別），他許會將「濃縮科學中藥」等字樣如小兒辨字般朗聲讀出。當他從這群密麻方塊字中讀識「科學」二字，他更加確信自己誤闖他處。

如果此刻他沒有瞅見桌上的藥缽、靠牆的百眼櫥、人體經絡圖軸以及中國老式算盤，他極有可能立即飛返美國。妳見他掏出相機，喀嚓喀嚓將他行前預設的「理想東方漢藥舖」圖景攝入。他央妳幫他拍照。像觀光客一般，他立於百眼櫥前，取景於身後整列的玻璃藥罐（他謹慎地靠近那只有裂痕、邊緣微泛污漬、最有「古文明」賣相的藥罐），在妳摁下快門前還不忘戴上從中正機場購得的中國傳統官帽，煞有介事地搖動藥缽。此時，妳唐突想起每逢農曆年節，街頭巷尾以英文唱轉的「恭喜恭喜你……」「賀新年，祝新年……」等怪謬如魔咒的賀年音樂。

他湊近那個提「何嘉仁兒童美語」書袋的中國小兄弟。喀嚓喀嚓，攝入黃皮膚白皮膚、黑眼珠藍眼珠的無國界和諧，世界大同。妳看出他難掩失望表情，因為這個中國小兄弟不具「代表性」。首先，這個十歲小兄弟過於胖壯，雖然和媽媽前來求診，但想必他患的病不太嚴重，至少臉色紅潤，而非瘦黃矮小。更要命的是小胖弟的雙眼皮略顯礙眼（中國人不全是單眼皮的種族麼？）。

妳為了盡地主之誼、導遊之責，帶他走覽附近的中藥店及青草舖。先說那家老字號的中藥鋪吧。當他抬頭望見門楣上篆刻的匾，即使不明瞭匾上的藥行名號，他已露出難得的笑容了，以為這正是中國悠久文化的行播。走進藥行，瞧見山水卷幅高懸（此時他說想學「國畫」，不過隨後他遲疑探問，「在台灣學得到中國國畫嗎？」），水泥地上篩簍散置，簍內草藥雜陳，一老嫗於長凳處打盹，即使老電風扇發出極大的聲響，依舊驚不了她的好眠。他向妳打聽坐在門口、穿泛黃汗衫、邊抖腿邊舉扇拍蒼蠅的老伯為何人，妳笑說是藥行大夫。他恨不得喀嚓喀嚓聚焦於這歷史性的一刻，包括那其貌不揚但必為良醫的老伯、瓦數不足的裸燈泡、整間藥舖散發的敗朽氣味、白瓷藥罐、高桌矮凳、老舊鐘擺、整疊經歲月枯漂的病歷……（他不禁歎道：「原來台灣也有這麼像中國的地方哪！」）他反賓為主向妳說明，據說愈是陳舊、漾著異香的藥舖，愈是地道的漢藥舖。他一臉饜足，妳也鬆了口氣，終讓他親眼見識到「真正」的漢藥舖了，聊以慰補他在妳家經歷的文化挫敗。

隨後走訪幾處青草店。在他眼中，四處堆垛的藥草竟也搭出即興、無秩序的中國美感。老闆不在，夥計的頭顱出沒於藥草堆間，青草茶於爐上焙暖，收音機傳來地下電台賣膏藥的聲音，櫃台旁柱拴著誰潦草塗畫的記事本。陽光中的微塵浮粒，兩個月未撕除的日曆，看似經過分類但仍雜蕪亂蔓的草藥東一垛西一垛，經他解讀，都是「東方」符碼的轉化，皆是中國（還是台灣）某個斷代的氛圍氾溢。家貓高來高去，夥計睡了又醒，無政府主義的最佳範式哪。

妳故意避去那些舒適氣派的中醫診所。那些燈光明亮、具設計感的店招。那些壁紙顏色柔和、播放古典音樂的待診處。那些藥罐分類嚴格、以半自動配藥機處理藥粉藥丸的調劑室。那些醫生桌前置放的液晶螢幕，以及用漢音輸入法（還是羅馬拼音）鍵入的處方箋。那些儲入硬碟、仔細分類歸檔的病歷。那些質軟沙發、平面電視螢幕、健康雜誌專櫃。空調無聲地濾淨空氣，仔細剷弭可能的漢藥殘味。即使空調停止運作，依然嗅不出草穀木石的芬芳，它們早被馴成調理包，真空封裝，整齊置於具設計感又不失實用性的歐風櫥櫃。不過傳統藥罐仍點綴地出現於櫃架上，瓶身乾淨，彷佛連指紋、呼息皆細細抹拭，說它們是養生補品毋寧看作裝置藝術。

經過一家家像誠品書局、生活工場、喫茶店的中醫診所，妳或也不願踏入。雖然那兒的草藥徒具標本功能，但妳竟也不能否認其療效。醫生護士與冰冷電腦、機器為伍，但這並不代表人情亦因此失溫。妳從一個美國大男生急切尋索自己想像、建構出的「中國」（妳再也忘不了他再三歎到「原來在台灣也可以看見中國」的驚悅表情）過程裡，照見妳內心陰潮處。

於是妳書寫，為捍衛（還是純粹的戀舊）而寫。妳儲在硬碟的文章盡是草本纖維。關於科學製藥、中醫的現代性、濫用草藥可能引起的不適等問題，妳像避去「誠品書局式」的中醫診所般過門不入。妳從年幼土壤中汲取元素，選擇性抽煉幾百C.C.記憶。難道妳也像美國大男生一樣，浪漫腺素分泌旺盛，嗆咳出失去上下文脈絡的唐突「戀舊」、「鄉愁」（此等詞彙已被新新人類濫用、過度酗嗑）血痰？妳無意中透露，當妳得知家裡即將使用電腦以利醫藥網絡作業，內心頓時被失落感啃噬。

這也是我無法回答妳「為何中醫總予人落後之感」的緣故。容許我模倣維金尼亞·吳爾芙在《三枚金幣》裡所敍述的，寫信者總不自禁地想像收信者讀信時的臉容。在此允許我大膽想像當妳發出這類問題時的表情。妳不疲憊憂戚，因為妳不是中醫公會董事或中醫研究單位負責人，妳毋須擬寫一份完整的調查暨成果報告書，以便在會議中用單調嚴肅的口吻向與會人員做口頭報告。妳亦不倦困煩擾，因為妳並非自行開業或受人聘僱的中醫師，更免去在轉看七十八個頻道或診看七十八個病患後的空檔內，半認真半無謂地思考此類問題，進而連署簽名或走上街頭藉此豐富、改變生活。我想像中的妳正舔食乳酪蛋糕，唇邊一圈卡布奇諾奶泡，閒漫地進行妳的書寫。妳也許為了應和文句轉折或眼看題材即將搜空，抑或想改變沿途風景並期許自我突破，因此妳的思緒便領妳至「為何中醫總予人落後之感」的十字路口。妳停在這個路口，內心萌現稚茁驕傲。下一刻妳轉身離去，回頭栽進妳所建構、想像的「東方漢藥舖」(同時妳想起美國大男生天真問妳，中國和台灣究竟有何差別)。那兒，「落後」這個字並不存在，其內涵早被抽繹、蒸餾，平均配化至漢藥地圖裡的山水亭廟。

會不會有一天，七老八十的妳按圖索驥尋找當初營構的漢藥舖(記得嗎?燈光總是太暗、板凳總嫌冷硬、草腐氣總是薰濃，中醫師總著泛黃汗衫……)，竟被「查無此地」的尷尬賞了熱辣的巴掌。

還是我高估或錯估了妳。電腦終端機的另一頭，mail系統的另一岸，妳不曾憂心或漠然。當妳和那個美國大男生幾乎覽盡符合他想像的中醫診所、漢藥舖或青草店，喀嚓喀嚓「實錄」這趟零缺點的草本之旅，他露出甜蜜的滿足和疲憊，最終你倆鑽進一間喫茶店。巧的是店內一徑走擬古路線。美女月份牌。碾穀器。製冰機。

漢藥百眼櫥。妳早習以為常，這是個失去時間感的年代，走入一間怪奇的食肆、衣鋪正如胡亂被丟進一部裝幀訛誤的斷代史。妳樂此不疲，撕卸若干瑣物的年份標籤，悉數攏聚於妳的文章中，不浪費一石一瓦，搭建妳想像中的漢藥樂園，在柯林伍德（Collingwood）「建構的想像力」（constructive imagination）的庇護下，在一切建構都被允許、接受、肯定的情境下。若說當我們一向信以為真、奉為圭臬的歷史其實皆出於建構，皆是妳所不知的龐巨權力機器運作的結果，相較之下，妳未領取嬉鬧執照的建構（這是一個講求執照和專業的年代）顯得多麼淘氣輕薄。

由此看來，「為何中醫總予人落後之感」並不構成問題，或應說它從來都不是妳須煩憂的問題。妳可以繼續領著那個美國大男生走訪他希望看見的漢藥舖風景及象徵性的「中國」山水，他將持續「東方／中國／台灣到底差在何處」的提問，妳也將繼續保持緘默（天知道妳根本不知如何回答因為課本和老師從沒教過），返家後繼續築構妳的漢藥城堡，繼續在十字路口做短暫停留後、掉頭享用妳的乳酪蛋糕和卡布奇諾，繼續間歇性地e-mail給我並發出「為何中醫總予人落後之感」的喟嘆。

容我在這裡結束這封簡短的e-mail，並原諒我始終無法給妳一個滿意答覆。也許問題正在於我過分浪漫地相信，即使妳將信讀完並予以刪除，資源回收筒的字元將自己回覆自己，以細胞自行繁殖、分裂、溝通的方式。

聯合文叢 258

藥罐子

作　　者／李欣倫
發 行 人／張寶琴

總 編 輯／周昭翡
主　　編／蕭仁豪
資深編輯／尹蓓芳
編　　輯／林劭璜
資深美編／戴榮芝
業務部總經理／李文吉
行銷企劃／林孟璇
財 務 部／趙玉瑩　韋秀英
人事行政組／李懷瑩
版權管理／蕭仁豪

法律顧問／理律法律事務所
陳長文律師、蔣大中律師

出 版 者／聯合文學出版社股份有限公司
地　　址／(110)臺北市基隆路一段178號10樓
電　　話／(02)27666759轉5107
傳　　真／(02)27567914
郵撥帳號／17623526聯合文學出版社股份有限公司
登 記 證／行政院新聞局局版臺業字第6109號
網　　址／http://unitas.udngroup.com.tw
E-mail:unitas@udngroup.com.tw

印 刷 廠／百通科技股份有限公司
總 經 銷／聯合發行股份有限公司
地　　址／(231)新北市新店區寶橋路235巷6弄6號2樓
電　　話／(02)29178022

出版日期／2002年8月　初版
2021年9月8日　初版五刷第一次
定　　價／230元

ISBN 957-522-388-8（平裝）

國家圖書館出版品預行編目資料

藥罐子 / 李欣倫著. -- 初版. -- 臺北市 :
聯合文學. 2002〔民91〕
面 ;　公分. --（聯合文叢；258）

ISBN 957-522-388-8（平裝）

855　　　　91011758